Domar a la divina garza

Sergio Pitol

Domar
a la divina garza

EDITORIAL ANAGRAMA

BARCELONA

863
P685d

Portada:
Julio Vivas
Ilustración: «Saturday Market», Edward Burra, 1932

91-9014

Para Juan García Ponce

I

Donde un viejo novelista, a quien la edad pertur-
ba seriamente, muestra su laboratorio y reflexio-
na sobre los materiales con los que se propone
construir una nueva novela.

Un viejo escritor se prepara a iniciar una nueva novela. Lee, al principio sin demasiado entusiasmo, después con
franca desgana, dos o tres capítulos salteados de un párrafo, lo aqueja una sensación muy próxima a la angustia; cierra el volumen con deseos de no volver a abrirlo
en los días de su vida. Recuerda un comentario hecho por
Carlos Montiel, el crítico literario, amigo suyo desde los
tiempos universitarios, quien, después de leer sus primeros cuentos, le manifestó que algunos personajes se parecían demasiado a antiguos compañeros de la Facultad por
entero ordinarios: jóvenes capaces de todo, salvo de vivir
una tragedia; descalificados para encarnar sutilezas y cla-
roscuros de tipo jamesiano, a los cuales, sin embargo, él
se esforzaba en proporcionar una bizantina complejidad
emocional, un ámbito alimentado por intensos mesianis-
mos estéticos, comportamiento que les era a tal grado
ajeno que en vez de darles vida los desposeía de ella. La
atmósfera rarificada que los envolvía terminaba por convertirse en una cárcel; caídos en ella, les resultaba imposible librarse de dialogar y actuar como muñecos de ven-
trílocuo.

De hacer caso a Montiel, y la ingrata lectura reciente confirmaba sus palabras, todo lo escrito hasta entonces estaba íntima e irremisiblemente condenado. Su literatura no tenía ningún futuro; había sido anacrónica ya en el momento de su nacimiento. Estaba a punto de cumplir los sesenta y cinco años. ¡Una edad atroz! A veces piensa que lo que en verdad le apetecía sería echarse a dormir en los mustios laureles cosechados, repetir la escasa gama de procedimientos ya probados hasta desgastarlos del todo, mantener en vida un lenguaje más o menos plausible hasta que la incitación a escribir se extinguiera por causas naturales. Es la suya una edad, lo sabe, en que se podría también correr el riesgo de ser atropellado por una intrincada red de movimientos interiores, de proyección, alcance y desarrollo tan vastos, tan densamente oscuros, que excedan las propias posibilidades de creación; sentirse sacudido por una furia, una violencia que lo desbordara todo; enamorarse de emociones aguardadas durante largo tiempo, y un día, bruscamente, abandonar para siempre ese proyecto que de repente se revela como un inmenso absurdo. ¿Iniciar por fin la obra cargada de ambiciones con que se soñó la vida entera, para la que se ha reunido a lo largo de los años una enorme cantidad de información y de detalles, aquel libro colmado de estruendo y furia que redimiera la propia existencia y la justificara ante el mundo? A su edad, esa hazaña adquiere visos de ser un inmenso disparate. Dejar de alcanzar la gloria soñada y perseguida en otros tiempos no tiene por fuerza que ser una tragedia. El fin no está lejano y el libro entrevisto requeriría años enteros de investigación y de trabajo sostenido. ¿Procurarse tal maltrato cuando se tiene ya tan poca energía, y la vejez encima, y los achaques de salud que aumentan, para dejar luego una novela a medias? ¡No, la verdad, muchas gracias!

Sus héroes conocen sólo dos formas, demasiado mecánicas, dicho sea de paso, de acceder a la ficción, es decir a su realidad novelística. O están de regreso de una rica experiencia vital, inexplicablemente fracturada, que los obliga a recluirse en algún pueblo de Morelos o en una pequeña ciudad veracruzana, donde, tristes, marchitos, agobiados por el resentimiento, van poco a poco desangrándose: las heroínas se deshojan ante un trasfondo sepia, manosean viejas cartas, fotografías amarillentas, recortes de periódicos de hace muchos años, y recuerdan, recuerdan y recuerdan a esos seres afiebrados que en otro tiempo fueron ellas, y a otros más, aquellos que las estrecharon en sus brazos, las embriagaron con palabras ardientes, y luego, por una causa siempre desconocida, las expulsaron de sus vidas. Todos sus personajes masculinos ansiaron ser Lord Jim, Aliocha Karamazov, Fabrizio del Dongo durante sus mocedades. Ninguno dejó de conocer un período de efímera luminosidad, interrumpido también por el desastre. Caso de sobrevivir a la caída, esos protagonistas regresarían, arrastrados por una aparente sed de identidad, a sus lugares de origen, a disfrutar, si tal pudiera ser el verbo, de una casita bajo el sol, al lado de un pequeño jardín con unas cuantas flores. Córdoba, Cuernavaca, San Andrés Tuxtla, Huatusco, Tepoztlán o Cuautla son algunos de los lugares elegidos por aquellos despojos humanos como refugio donde acabar sus días. Al poco tiempo de haber vuelto al Edén codiciado descubrirán que han caído en un hoyo del que toda escapatoria resulta ya imposible, que se han dejado arrinconar, que sus malquerientes han triunfado al desembarazarse por fin de ellos, que están rodeados de traidores, de desleales, de envidiosos. Y allí irán envejeciendo, agobiados por toda clase de males, de deudas, de manías, intoxicados de rencor hacia un mundo incapaz de apreciarlos, estupefactos al comprobar la clase de porquería en que progresivamente se han ido convirtiendo. Viejas criaturas neurasténicas, algunas veces chuscas, amargas las más, resentidas, sin salida, sin futuro, sin remedio.

Pero esos protagonistas podrían considerarse triunfadores si se les compara con los que integran la segunda categoría, la de quienes no alcanzaron volver a esas casas soleadas y a sus mínimos huertos, aquellos a los cuales atrapó la vida en latitudes mucho menos generosas. Deambulan por el mundo, olvidados por todos y de todo. ¿No quisieron regresar? ¿No pudieron hacerlo? Bien a bien ni siquiera lo saben. Helos ahí: veladores nocturnos en una húmeda bodega, en algún almacén de madera, en un estacionamiento de automóviles, porteros en hoteles ramplones, beneficiarios de alguna institución filantrópica que les encuentra esos destinos con el objeto de hacerlos sentirse útiles y ayudarles a recuperar un mínimo de la dignidad perdida. Olvidados de todos en su país; desconocidos absolutos en el lugar donde residen. Es posible que las circunstancias no hayan sido siempre las mismas. También ellos debieron de haber conocido uno que otro verano de felicidad inicial. ¿Con quién habrán bailado? ¿Qué paso pudo haberles resultado fatal? Sucios y desdentados, apenas logran advertir la celeridad con que la memoria se les va agostando. Su venganza consiste precisamente en eso, en clausurar todos los canales que los comunican con el pasado. Si alguien se acercara a recordarles la conmoción vivida treinta años atrás, el tumulto interno que experimentaron al contemplar *La tormenta,* o la *Venus yacente,* del Giorgione, las visitas consecutivas durante cuatro días al pabellón que albergaba en la Bienal de Venecia la exposición Matisse, de donde salieron cada una de las veces ebrios de júbilo y sorpresa, o los sombríos días transcurridos en alguna pensión mientras descifraban el espantoso destino de Adrián Leverkühn y se estremecían ante la mancha que iba tiñendo el alma del fiel Serenus al irlo revelando, esbozarían un signo obsceno, lanzarían un escupitajo a los pies del interlocutor, ese desconocido que pretendía no serlo, quien se les acercó de pronto con los brazos abiertos y aquel lenguaje inexplicable, y se echarían de inmediato a correr, escurriéndose por entre un laberinto de malolientes callejuelas hasta llegar al cuchitril donde pernoctan, se tenderían en un colchón inmundo, cubiertos de pies a cabeza con una manta igualmente inmunda, temblorosos, con el cuerpo bañado por un sudor espeso, ansiando sólo la llegada del sueño que lograra devolverles la paz. En realidad, lo único que les interesa es no ser expulsados del agujero donde pasan sus días y recordar la hora y el sitio en que deben presentarse con su tazón en la mano ante la ventanilla de la sopa caliente. El incisivo Montiel, vuelve a recordar, tenía toda la razón. Si uno quería seguir, tenía que empezar por deshacerse de algunos malos hábitos, meter al horno toda aquella morralla de utilería. Pero ¿sería posible aún frecuentar nuevos espacios?

¿Cómo olvidar que estaba en vísperas de cumplir sesenta y cinco años?

Quizá lo más importante fuera decidir por dónde comenzar. Tenía una serie de referencias, muy confusas aún; tan vagas, que parecían desvanecerse al minuto de nacer, o transformarse en otra cosa. Se volvía indispensable comenzar a precisar algunas de esas imágenes: un encuentro en Estambul, una mujer erudita con modales y lenguaje bastante irregulares, la sordidez de un avaro, un festín indiscutiblemente bárbaro en un claro de la selva tabasqueña.

Se decidió al fin a esbozar algunas notas. Tres temas, por diferentes razones, le habían interesado en los últimos tiempos, que, de cierto vago modo, relacionaban el encuentro en Estambul con las tropelías del avaro y la fiesta en el trópico.

Escribió, pues, en unos amplios tarjetones:

A) ¡El libro de Bajtín sobre la cultura popular en la Edad Media y a principios del Renacimiento! Destacar algunos elementos: la Fiesta, por ejemplo, como categoría primaria e indestructible de la civilización humana. La noción de fiesta puede empobrecerse, degenerar incluso, pero no eclipsarse del todo. Sin la fiesta, que libera y redime, el hombre gesticula en un mero simulacro de vida. Estudiar las relaciones entre ceremonial, mística y fiesta tanto en las sociedades primitivas como en las industriales contemporáneas. El catolicismo y, quizás aún más, la iglesia bizantina, como puentes comunicantes entre nosotros y la raíz pagana de la antigua fiesta, incorporan ciertas características del jolgorio popular a las formas rituales, permitiendo a la vez que otras se desarrollen con entera libertad, fuera del culto, etc., etc.

B) ¡Gogol! Bajtín percibe el aliento carnavalesco como un sostén fundamental del complejo organismo verbal gogoliano. Lectura en los últimos tiempos, podría decirse casi exacerbada, de la obra de este ruso y de la de sus exégetas. Pocos escritores han contado en nuestro siglo con comentaristas de tan excepcional calidad: Boris Eijenbaum, V.V. Gipius, Andrei Biely, Vladimir Nabokov, Andrei Siniavski, etc. Simbolistas, formalistas, disidentes de todas las ortodoxias convergen en él. Tentación de intentar un pequeño texto sobre un tema de *Las almas muertas.* Descifrar por qué Chíchikov, el protagonista, a quien su autor presenta desde el párrafo inicial como una absoluta no entidad («no era guapo, aunque tenía bastante presencia; ni demasiado grueso, pero tampoco delgado; no se podría decir que fuera viejo, sin embargo tampoco era joven»), como un personaje sin características personales de ninguna especie, logra que todos aquellos con quienes tropieza se llenen, a su solo contacto, de vida. Su existencia ilumina la de los demás y a la vez se nutre de esa misma vida que su presencia propicia. Aun en la segunda parte de *Las almas muertas,* en los tediosos fragmentos que de ella sobreviven, la mera aparición de Chíchikov logra derrotar la tónica moralizante que paraliza muchas de esas páginas y devolverles algo del aire que toda obra de ficción requiere para respirar. Donde aquel truhán pone la mano se produce repentinamente una iluminación. No se trata de la luz solar sino de otra procedente de las diablas de un escenario; luz escénica que al bañar a un personaje le hace perder terrenalidad, lo deforma, lo aligera y logra extraer de él su verdadera fisonomía. Más que un ensayo, esto podría utilizarse en la novela. La rapacidad de mi protagonista da para poco, pero su sordidez podría servir, igual que las inexistentes virtudes de Chíchikov, para iluminar la conducta de otros personajes y, a la vez, enriquecerse con su reflejo.

C) ¡Pepe Brozas o de la unción casi religiosa que determinado autor puede suscitar en personas carentes de la más mínima simpatía hacia las artes! Recordar el caso de José Rosas, compañero de la Facultad de Derecho, al cual, poco después de su ingreso, todos los estudiantes conocían con el mote de «Pepe Brozas». Originario de Piedras Negras, hizo en México la Preparatoria y después la carrera de derecho. Pasó dos años en Roma, si mal no recuerdo, becado, tratando en vano de obtener un doctorado. Ocupó un puesto en la Dirección de Asuntos Interna-

15

cionales de una Secretaría de Estado, que le permitió hacer algunos viajes al extranjero. Adoptaba aires que se pretendían cosmopolitas, con los que no logró ocultar su radical y exuberante imbecilidad sino potenciarla. Con «Brozas» no había la menor posibilidad de inventar matices. ¡Imposible crearle sutilezas ni agregarle preocupaciones delicadas! ¡Un patán en estado puro! No dejó de ser el mismo patán, pero se volvió solemne y pomposo y, por lo tanto, resultó aún más intolerable. Al final se hizo rico al dirigir los negocios inmobiliarios de su mujer en Cuernavaca. El dinero, su necesidad de ostentarlo y su pasión por retenerlo, enriquecían su ramplonería. Una peculiaridad lo distinguía. Su pasión por Dante. Sí, Dante Alighieri, el florentino. Sí, sí, el autor de *La divina comedia*. Había estudiado italiano como materia optativa en la Preparatoria, y de allí había surgido esa rareza. Lo leía, lo repasaba, lo exponía, aunque, claro, de manera grotesca; en cierto modo, lo consideraba como algo de su propiedad. Sin embargo, siguió siendo el tipo más reacio a cualquier emoción literaria. A propósito, revisar viejos apuntes de Berlín. Tal vez logre encontrar alguna nota sobre aquel alemán parecido a Rosas... Matthias... ¿Glaubner? Matthias Glaubner o Glaubener. Un joven economista egresado de la Escuela de Comercio Exterior, donde se había especializado en relaciones comerciales con la América Latina. Hablaba un español perfecto. Aceptaba en su tiempo libre trabajos de algunas instituciones universitarias como traductor e intérprete. Cuesta trabajo pensar en alguien más tedioso que aquel muchacho alemán. ¡Intereses mezquinos, nacionalismo obtuso! ¡Qué fastidio el que se lo acomodaran a uno para ir a exposiciones, conciertos o espectáculos teatrales! La imbecilidad de sus comentarios hacía perder todo interés en conversar con él. Hacer dinero, comprar a precio más bajo del común, ahorrar, eran las únicas preocupaciones visibles en su vida. Un día, en medio de la sarta habitual de lugares comunes, hizo una cita de *Las ciudades invisibles* de Calvino. Se desprendió de ahí una historia casi inconcebible. Glaubner había aprendido el italiano, que no era idioma obligatorio en sus estudios, sólo para poder leer a Italo Calvino en su lengua. Por anómalo que pueda parecer, conocía a la perfección toda su obra. Una profesora de español le había prestado, hacía años, una edición argentina de *El sendero de los nidos de araña.* Comenzó a leerla con tedio, sólo para enriquecer su vocabulario. De pronto, algo en esa lectura tocó un sitio inesperado de su ser y provocó el incendio. Descubrió que una novela podía ser una cosa diferente de una enumeración tediosa de fruslerías, sociales o psicologizantes, capaz de transmitirle algo que nada tenía que ver con aquello conceptuado como literatura, producirle emociones sólo conocidas en sus tratados de comercio exterior y de estadística, hasta quizá más intensas. Ese día se produjo una especie de unión mística entre el estudiante berlinés y el autor italiano. Siguió leyendo a Calvino, no ya en español sino en alemán, mientras aprendía el italiano. Leía las notas críticas que acompañaban la aparición de «su» autor en Alemania. En la sección de cartas a la redacción de algunos periódicos de importancia nula refutó, con los argumentos más abstrusos, varias de esas reseñas. La pasión por Calvino no le abrió, sin embargo, las puertas a otros campos, no enriqueció su curiosidad, no amplió el radio de su pensamiento, ni lo interesó por algún otro autor. Aquellas lecturas no se ligaban con nada, no ampliaban ni reducían concepto alguno. Se agotaban en sí mismas. Pero llenaban una necesidad que era real y que uno podía calificar de espiritual a falta de otro adjetivo más apropiado. Lo mismo le ocurría a Rosas con Dante. Sabía de él todo y no comprendía nada.

¡Qué tesoro, un personaje como Pepe Brozas! Al lado de su ramplonería, grosería, egoísmo, avaricia y rapacidad, se erguía heroicamente la pasión desinteresada por la obra de un escritor lejano. En la novela dejaría de ser Dante para transformarse en Gogol. Contaminar de ser posible el lenguaje con algo de la excentricidad verbal del ruso. La pasión por Gogol podía habérsela inoculado alguien con cierto parecido a esa etnóloga griega un poco disparatada que dictó hace poco en la Universidad un par de conferencias sobre los trabajos mesoamericanos de su difunto esposo. Buscarle un nombre exótico, imprimirle cierta comicidad. Un personaje fuertemente individual que encarne la Fiesta y ante quien la triste rapacidad de Brozas resulte siempre derrotada.

* * *

El viejo novelista, fatigado e inseguro, que nos ocupa, inició la segunda mitad de la sexta década de su vida escribiendo una nueva novela: *Domar a la divina garza*. En ella se entrelazarían sus tres temas fundamentales: la fiesta, «esa primera e indestructible categoría de la civilización», ese espacio mágico donde se confunden y desaparecen las diferencias entre los hombres; exorcizaría al viejo fantasma de su juventud, el aborrecible Brozas de sus años de estudiante, y recogería su pasión por Gogol. El protagonista, conducido por una extranjera de nacionalidad incierta, la profesora Marietta Karapetiz, penetrará con confianza, sin perder su actitud de perpetua alucinación, en el laberinto gogoliano, del que sólo escapará al enterarse años después de la muerte de su maestra. Conocer a Ma-

18

rietta Karapetiz, hablar con ella y con su hermano Alexander, Sacha para los íntimos, fue, aunque tal vez no se haya enterado, aunque se resista a creerlo, el acontecimiento más importante que le ocurrió en la vida. Llevado de la mano por Marietta, igual que el Alighieri por Virgilio, José Rosas, quien en la novela se llamará Dante de la Estrella, un poco en homenaje a su entusiasmo por el bardo florentino, va a percibir la fragancia de una fiesta tropical celebrada a principios de nuestro siglo. La experiencia fue tan intensa que aun en su edad madura el personaje principal luchará con sus recuerdos para clarificarla. Describir esa lucha y algunas de sus circunstancias es la misión que el viejo escritor se propone realizar en esa hipotética próxima novela.

II

*Donde se narran aventuras variadas de Dante C.
de la Estrella, licenciado en derecho, lindantes, a
juicio del autor, con la picaresca, que culminaron
con un viaje a Estambul.*

Y así, por obra y gracia de la voluntad de un novelista, el licenciado Dante C. de la Estrella, licenciado en derecho, se encontró una tarde de lluvia en Tepoztlán, sentado en medio de un confortable sofá de cuero negro en la sala estudio de Salvador Millares. Hojea sin la menor convicción, más bien con desgana, algunos periódicos; incómodo, al parecer, porque en esa casa nadie le presta la atención a la que se considera acreedor. El arquitecto está absorto en la lectura de una novela, de Simenon, para ser precisos. Su padre, don Antonio Millares, juega un complicadísimo solitario con cuatro mazos de cartas que le impide fijar la atención en otra cosa que no sea la mesa de juego. Su hermana Amelia teje a gancho un mantel de hilo muy fino color perla. Los hijos de Millares, Juan Ramón y Elena, se esmeran en la mesa grande formando sendos rompecabezas.

Desde el mediodía había estado amagando la tormenta. El amplio ventanal que da a la montaña se iluminó de golpe. Un estallido, un fulminante chisporroteo de luces. Un árbol de centellas cayó sobre el Tepozteco, extendiendo sus fosforescentes, a cada instante renovadas, temblorosas ramas, hasta cubrir de manera sobrenatural el ventanal entero. Una descarga, otra, después muchas más, una tras otra, se produjeron en cadena.

—La gente pusilánime suele verse afectada con más frecuencia por los truenos que por los rayos, ¿no es extraño? —exclamó De la Estrella con voz muy crispada—. Hay quienes al oírlos comienzan a aullar. Yo he sido testigo. Aúllan, aúllan y no paran; aúllan hasta perder el juicio. ¡Gracias, Dios mío, por la fuerza extraordinaria que me has dado! Conmigo al lado, pueden estar tranquilos.

Durante un buen rato todos habían permanecido en silencio. La voz que pronunció esas palabras pareció impresionar más a los presentes que cualquier manifestación de la tormenta. Amelia Millares dejó la cesta del tejido en su sillón, abandonó la habitación para volver, poco después, acompañada por una sirvienta, con dos lámparas de petróleo que colocaron en un escritorio, por si acaso. Nunca se sabía lo que podía ocurrir durante la tempestad, menos cuando como en ese día se desencadenaba con tanta violencia. Mientras colocaba las lámparas en sitios estratégicos comentó que ojalá no se le ocurriera a Julia salir de México con un tiempo semejante.

—Me da no sé qué imaginármela a estas horas en el coche, sin poder siquiera ver la carretera.

Salvador Millares se dirigió al teléfono y marcó un número. Esperó algunos minutos con el auricular en el oído. Nadie respondía. Era raro, pues a esa hora siempre había gente en casa de su suegra. Volvió a su asiento y antes de reintegrarse a su novela pensó un momento en los inexplicables últimos caprichos de su mujer. Salidas de casa a toda hora. Durante años había insistido en abandonar la capital y vivir en el campo. Pero a partir del momento en que se instalaron definitivamente en Tepoztlán pasaba en la ciudad la mayor parte del tiempo. Había aceptado una serie de trabajos absurdos. Todo lo que le ofrecían, sin discriminación, como si una avidez apenas descubierta se hubiese apoderado de ella. Casi medio año llevaba en esa actitud. No dejaba de sorprenderlo esa súbita incorporación de Julia al trabajo, el abandono de sus hábitos de pereza. Arquitectura de interiores, remodelamiento, decoración, ese tipo de cosas, en sociedad con su madre. ¡Muy bien!, se dijo con rencor, y al mirar a su huésped, el rencor se acentuó. Podía comprender todo, menos que aceptara un trabajo que él había rechazado, y que lo hiciera para De la Estrella, a quien ambos conocían muy bien, un mercachifle inescrupuloso, una auténtica mierda, con quien sin duda entraría en conflicto a los pocos días de iniciar la obra. Gastaría más tiempo en cobrar sus honorarios que el empleado en reconstruir su casa. Salvador Millares había colaborado con él catorce o quince años atrás, en un fraccionamiento en las afueras de Cuernavaca. De ese período sólo recuerda actitudes mezquinas, pobretería espiritual, majaderías, amenazas. Un tipo absolutamente inmaduro, resentido y, por lo mismo, peligroso. Entonces aún no vivía en Tepoztlán. Esa casa era una pequeña cabaña, buena sólo para los fines de semana. El licenciado se presentaba allí todos los sábados por la mañana para ir juntos a la urbanización a revisar las obras. A Millares le resultó antipático desde el primer día, pero no imaginó que fuesen a terminar tan mal. Ni siquiera recuerda cómo se inició la relación de trabajo, quién los presentó, sólo que De la Estrella acababa de iniciarse en los negocios de construcción. Y era el primer contrato importante que él recibía como arquitecto. Se quedó sorprendido cuando hacía poco De la Estrella le propuso, primero por teléfono, luego en una visita personal, llevar a cabo algunas reformas en su casa de Cuernavaca. Quería aprovechar una temporada que su mujer pasaba con su hija y su yerno en algún lugar de la frontera. Le ofendía la terquedad del tipo. Millares por supuesto se negó, el otro se dirigió a su suegra, quien le pasó la comisión a Julia. Por supuesto ella también rechazó la oferta. ¡Qué innecesaria necedad todo eso! ¡Qué inaudita falta de tacto presentarse en su casa e insistir en que su mujer se encargara de la obra, exigir hablar con ella en persona, sentarse en su sala, imponer por un rato tan largo su presencia! Lo había saludado con frialdad, le había señalado un asiento e indicado el cesto en que se hallaban los últimos periódicos y revistas. De no haber sido tomado por sorpresa, ni siquiera le hubiera permitido el ingreso. No tenía la menor gana de conversar con él y simular que entre ellos nada grave había ocurrido. ¡Las que había pasado! Primero una serie de insinuaciones sobre la poca honestidad con que manejaba el presupuesto; luego, mitad en serio, mitad en broma, había comenzado a amenazarlo con presentar una acusación, llevarlo a tribunales si no reducía los honorarios convenidos. Tuvo que aceptar. Habían ya nacido los gemelos, tenía pocas proposiciones de trabajo. Volvió a enfurecerse. Se acercó a él después de colgar el teléfono y con bastante sequedad le dijo:

—Mire, licenciado, me temo que mi mujer se quede en México hasta mañana. No quiero hacerle perder su tiempo. Si va a regresar a Cuernavaca, yo le sugeriría hacerlo antes de que oscurezca del todo. Dentro de un rato el camino estará imposible.

Una vez dichas esas palabras, sin esperar respuesta, volvió a su sillón, tomó la novela policial y trató, con bastante esfuerzo, de concentrarse en ella.

—Entiendo su preocupación por mi bienestar, Millares —respondió destempladamente De la Estrella—. La comprendo y la agradezco en lo que vale. Tenga la seguridad de que tan pronto como amaine este temporal me marcho. Quizás antes. Mi chófer ha ido a Santiago Tepetlapa; espero que vuelva a recogerme en cosa de media hora. No se preocupe por mí, siga cultivándose; la lectura nunca le ha hecho mal a nadie, a menos que uno gaste su tiempo en consumir géneros ínfimos. Conozco a quienes no han podido superar nunca su adicción a ellos. —Y se quedó mirando al arquitecto con una mueca rígida coagulada en los labios.

Ya al entrar en la casa, Millares había advertido cierto aire demencial en su rostro. Una tensión facial extrema, como si estuviera a punto de sufrir una crisis, unos gestos raros, un movimiento nervioso del cuello; inclinaba la cabeza aviesamente hacia un costado, igual que algunos animales furiosos en el momento previo a la embestida. La mirada tenía una fijeza anormal. El marrón de los ojos parecía segmentarse en diminutas estrías amarillentas y rojizas. De la Estrella permaneció con la mirada clavada en un rincón por algunos minutos. Se llevó luego las manos al cuello de la camisa, movió el nudo de la corbata, quiso aflojarlo y no lo logró, o tal vez se arrepintió de hacerlo. Con voz sibilina volvió a decir, igual que si canturreara un texto burlón:

—Ha tenido usted a bien, Millares, enunciar una verdad del tamaño de una catedral. Uno debe siempre recordar que el tiempo es el mayor tesoro que poseemos y no se puede desperdiciar de manera insensata. El tiempo es a su poseedor lo mismo que una margarita a la que se debe mantener a distancia del voraz hocico de los cerdos... —Se levantó con un visible esfuerzo, dio unos cuantos pasos y añadió—: Antes de cerrar cualquier trato con su señora, es necesario que nos pongamos de acuerdo en una serie de factores, el tipo de materiales a utilizar, los precios, el tiempo de realización de la obra y no sólo en los aspectos decorativos, que son los que menos me interesan. Conozco a las mujeres, sé lo dadas que son a la extravagancia, al desperdicio, al derroche. No quiero sorpresas.

Se fue acercando a la mesa donde Juan Ramón y Elena, los hijos gemelos de Millares, se esforzaban desde el inicio de la tarde en armar sus rompecabezas. Elena estaba por terminar el Taj Mahal, en tanto que Juan Ramón se esforzaba en dar forma a un minarete. Había muchos espacios en blanco en su tablero, pero ya era posible reconocer los trazos de la Mezquita Azul. El licenciado De la Estrella quedó como paralizado al contemplar aquella obra en proceso, la cabeza aún más ladeada hacia la derecha, la mirada más vidriosa, el cuello más tenso. Se hubiera podido pensar que en cualquier momento abriría la boca para arrojar espuma.

—Son diez famosos monumentos artísticos —le explicó Juan Ramón, quien no advertía la alteración que sufría aquel extraño visitante—. El Taj Mahal, Nôtre Dame, la Iglesia de San Basilio en Moscú, el Duomo de Milán, la Catedral de Colonia, el Palacio de Versalles, el Castillo de Chapultepec, la Alhambra de Granada. Esta es la Mezquita Azul de Estambul, uno de los más difíciles.

—Hemos hecho más de la mitad. Al comienzo nos costaba un trabajo tremendo. No sabe... —comenzó a decir Elena, pero el licenciado no la dejó terminar.

—He conocido muchos de esos monumentos —dijo con voz atiplada—. A veces es necesario decirlo, recordárselo al mundo, para que sepa, si no se ha percatado, con quién está hablando.

—El de Juan Ramón es el más difícil —volvió a insistir Elena—. Ese y la Alhambra, que es terrible. Se llama la Mezquita Azul. Constantinopla se llama ahora Estambul.

25

—Estuve un momento frente a la Mezquita Azul. Estuve ante varias cosas; hoy día no sé ya si las vi o no las vi. Yo, el hombre de mejor memoria en el mundo, no recuerdo si me detuve a contemplar tal o cual monumento o si pasé de largo. —Y con voz cuyo sonido se parecía al del vidrio al raspar otro vidrio, continuó—: Fue nada menos que en Estambul, la antigua Constantinopla como bien dices, donde conocí a una de las más grandes farsantes de la historia. Un fraude viviente que decía llamarse Marietta Karapetiz, a quien yo, si me atuviera tan sólo a sus modales, daría el nombre de Pelagra Pelandrujovna, si a ustedes no les ofende. En lugares de moral peor que dudosa, se la conocía con el nombre de guerra de Manitas de Seda. No sé si habrán oído alguna vez hablar de ella, o si leyeron la serie de artículos donde me encargué de ponerla en el sitio que de verdad le corresponde.

—¿A quién conoció usted? —preguntó, por decir algo, el padre de Salvador Millares.

—A Marietta Karapetiz, si es que ése era su verdadero nombre, lo que me resulta inverosímil, a quien en mis sueños y en mis ensueños acostumbro llamar Pelagra Pelandrujovna. Su hermano, y algunos caballeros de grandes familias, pero sabrá Dios de qué costumbres, acostumbraban llamarla Manitas de Seda —dijo de un solo tirón el licenciado, secándose con un pañuelo sucio la enorme frente bañada de sudor, olvidado por lo visto de sus agravios inmediatos. Hablaba como si representara un papel aprendido a la perfección pero desempeñado con notoria torpeza. Se levantaba para volver de inmediato a sentarse, accionaba aparatosamente brazos y manos, gesticulaba. Lo único inmóvil era la mirada fija y la inclinación de la cara hacia el costado derecho—. Sí, amigos míos, me refiero a esa célebre y consuetudinaria *habituée* de los festines más turbios, de los convivios más repulsivos y las orgías más desenfrenadas, y que, sin embargo, navegaba por el mundo haciendo gala de unos modales estrictos de académica. ¡La severidad en persona! ¡Para morirse de risa! Todo en ella era farsa. Ambos hermanos habían frecuentado desde la primera juventud círculos donde se llegaba a desarreglos que ni siquiera Nerón hubiera imaginado. ¡Manos de Seda! ¡Tenazas de Acero! Debo admitir que no conozco el destino final de Sacha. He descuidado ese detalle. No sé si habrá seguido a su hermana en su viaje al Averno, o si en un hospicio de ancianos de algún lugar remoto en este mundo, huérfano de su hermana, trate por medio de la güija de entrar en contacto con la negrura de su alma. ¡Mientras más lejos se mantenga uno de esa gente, mejor! ¡Que el diablo se los lleve! —resopló vigorosamente. Sabe que una vez más ha triunfado, que ha logrado desconcertar al enemigo. Los ha obligado a todos, tanto a los chicos como a los viejos, a levantar la mirada de sus miserables entretenimientos, los ha constreñido a reconocer que existe. ¡Que es quien es! ¡Dante C. de la Estrella, licenciado en derecho! Y ese descuido, esa curiosidad, acabará por perder a los Millares. Quiéranlo o no, el huésped forzado ya no saldrá de esa casa sino hasta haber terminado su relato. Si se lo propone podrá obligarlos a oír maravillas del notable Gogol, darles una pequeña conferencia, aturdirlos, ilustrarlos un poco, constreñirlos a reconocer su superioridad intelectual. ¡Todo llegaría a su debido tiempo! Con exaltación de orate, prosiguió—: Fue a mediados de 1961 cuando viajé a Estambul. Era agosto y en Europa se registraba una de las peores rachas de calor que registra la historia. Ese agosto en Roma los pies se hundían en el pavimento. Caminar se volvía una actividad más que fatigosa: despegar el zapato, volver a hundirlo en la

27

ligera y blanduzca capa de asfalto que recubría las calles romanas, extraerlo otra vez y volver a meterlo; así hasta el infinito. ¡En Estambul ya ni se diga! Yo estaba terminando un doctorado en derecho constitucional en Roma. ¡Una historia de no creerse, mi presencia en la ciudad eterna! ¡Tan fruto del azar como si hubiera participado en una lotería cuyo premio principal consistiera en un viaje a Italia! Mi cuñado Antonio se había enterado por azar de la existencia de una beca para estudiar en la Universidad de Roma, y en su debido momento logró que me fuera adjudicada. Uno de los más grandes talentos de la literatura universal, ruso para más señas, el inmortal Nikolai Vasilievich Gogol, escribió en una ocasión que por un orden de cosas extraño, ajeno a la comprensión del hombre, las causas nimias suelen traer como consecuencia grandes acontecimientos, así como, por el contrario, a veces las más grandes empresas desembocan en resultados menos que nimios. Mi experiencia del mundo me ha enseñado a reconocer que mayor verdad que ésa jamás ha sido enunciada. Mi cuñado, debo admitirlo, ¿por qué no?, era una joyita, un grandísimo perdulario, de quien tuve la peor impresión desde que cambié con él las primeras palabras. Mi hermana Blanca, nombre que nada tiene que ver, prefiero aclararlo desde ahora, con el color de su alma, gracias a una torpeza que la caracterizó en todo desde niña, y decir «todo» equivale a decir todo lo nimio, porque acontecimientos mayores no conoció uno solo en la vida, descubrió algunos años después del matrimonio qué clase de ficha era el tal marido y procedió de inmediato a tramitar un divorcio. Había asuntos de dinero pendientes entre ellos. El había vendido, por ejemplo, un apartamento que poseían en común y no le había devuelto a Blanca la mitad correspondiente. Después de la separación, Blanca se fue a vivir a Guadalajara. No quiso quedarse en la capital porque la detestaba; la odió desde que puso pie en ella, pero tampoco quería volver a Piedras Negras, porque, según ella, la ponía nerviosa presentarse sola y enterar a la ciudad de que su matrimonio había sido un desastre, como si a alguien le pudieran interesar allá o en cualquier otra parte los éxitos o fracasos de Blanca. Llegó a decirme, y eso sí que era para morirse de risa, que no volvía porque sus amigas no tenían el mismo nivel intelectual que ella y le resultaría difícil conversar sobre los temas que le interesaban. ¿Había alguna vez hablado de otra cosa que no fueran sus trapacerías? Ahora, el por qué eligió Guadalajara como punto de destino sigue siendo para mí un verdadero misterio. Lo único que en ese momento le interesaba era concluir el divorcio y recuperar el dinero del apartamiento vendido. Una peculiaridad de mi hermana ha sido la de no poder jamás tener en orden sus papeles. No estaban casados por comunidad de bienes, y había extraviado no sé qué documentos sin los cuales no podía comprobar que había pagado la mitad de aquel piso; sin ellos resultaría difícil obtener la reposición de los fondos en conflicto. Me telefoneó, me comisionó para encargarme del asunto. A cambio de los papeles, sustraídos con toda seguridad por el ex hombre de su vida antes de ocurrir la separación, podríamos armar un escandalazo que le hiciera sentir al susodicho que el puesto recién obtenido en el Departamento del Distrito, donde se sentía de lo más orondo, corría peligro de irse a pique. Sería un grave error de cálculo de su parte, decía Blanca, no cumplir sus compromisos, pues de aquel puesto él pensaba obtener mucho más, ¡pero muchísimo más!, de lo que había recibido por la venta de aquella propiedad en común. Había que amenazarlo con revelar a la prensa ciertos detalles de su vida que ella conocía a la perfección. Sólo así lograríamos hacerlo reflexionar sobre el particular. Antonio era un tipo terco y duro de pelar; lo sabíamos, pero nada se perdía con hacer un intento. Mi hermana me ofreció un diez por ciento de lo que lograra recuperar. No lo acepté; lo subió a un quince, y le respondí, para quitármela de encima, sin comprometerme a nada, que sondearía a mi cuñado. Lo llamé. Me dio una cita en el *Rendez-vous,* un café muy agradable en el Paseo de la Reforma, no sé si ustedes lo recuerdan. Ocupaba la planta baja de un edificio de cristales oscuros, uno de los primeros rascacielos, podríamos decir, de la Reforma. Para mi sorpresa, Antonio me recibió con palmadas y sonrisas. Antonio Pérez era su nombre completo; no muy brillante, si me permiten la reflexión. Y si me apuran, les diré que el segundo apellido era García. —Soltó una risa seca, de pajarraco, sin la más mínima alegría—. Tal como he dicho, apenas me vio se puso de pie con una sonrisa de oreja a oreja. «Ya aquí me fregaron», me dije; «si viene con testigos es que se siente muy seguro», pero un minuto después reflexioné, «o puede que sea lo contrario. Si viene con testigos es que no se siente para nada seguro y pretende confundirme, tal vez amedrentarme». Se levantó cuando me vio acercarme a su mesa; me dio un abrazo como si estuviésemos en los mejores términos, me presentó a sus amigos; les dijo sencillamente, y tuve la impresión de que en esa ocasión era sincero: «Este muchacho, mi cuñado, acaba de terminar de manera muy brillante la carrera de derecho. Ha hecho los estudios con gran dedicación por lo que le auguro un porvenir brillante. Al enfrentarse ahora al inicio de una vida profesional, ese momento crucial de nuestras vidas, donde, ya lo dijo el gran Hobbes, todo hombre se convierte en lobo del hombre, Dante requiere de toda la atención y

30

ayuda que se le pueda prestar.» Comenzó casi de inmediato a hablar de una beca que alguien había mencionado en su Dirección para hacer estudios de posgrado en Roma; las condiciones eran óptimas, sólo se requería la aceptación de la Secretaría de Educación. «Te agradecería, Iglesias», le dijo a uno de sus acompañantes, «ya que trabajas allí, que le eches una mano. No pido nada para mí, quiero que esto se entienda, ni siquiera para él, sino para el país, cada vez más necesitado de gente capaz de sacarlo del hoyo». Antonio Pérez dijo, entre otras cosas, que había admirado siempre mi firme voluntad, mi tesón para salir adelante a pesar de las condiciones adversas en que me había movido, mi capacidad como estudiante, nuestras buenas relaciones, a pesar de la mala estrella que había regido su vida conyugal, que, por desgracia, había terminado con un penoso desengaño de su parte. Me preguntó si estaba yo al corriente de la separación y me hice el desentendido, más bien el sorprendido. ¡Qué otra cosa iba a hacer! Antonio Pérez se explayó conmigo, era evidente que en aquel momento necesitaba abrirse con alguien, dejar escapar toda la amargura almacenada durante tantos años. Salió a la luz un fondo generoso que no le sospechaba. No quería culpar a nadie. «En un divorcio», dijo, «es difícil encontrar un culpable en estado puro; no hay víctimas ni verdugos absolutos, sino sólo dos seres humanos que sufren y reconocen haberse equivocado al hacer una elección precipitada. Lo único que me interesa decirte es, y quiero ser contigo enteramente franco, hablarte como al hermano que has sido siempre para mí, que si alguien no, repito, no, ha sido culpable de la sordidez en que mi vida familiar se convirtió, ése soy yo. Tú mejor que nadie conoces el carácter de tu hermana, tú también la has sufrido y has sido en más de una ocasión su víctima, así que

31

no vamos a ahondar en esto. Por fortuna puedo hablarte de esta manera. Estás ya en edad de sopesar los hechos, confío en tu criterio». Me recordó ciertos favores hechos a mi madre, que yo desconocía, agradeció el hecho de que ni ella ni yo hubiésemos intervenido jamás en sus asuntos de familia. Y luego se puso a hablar con el licenciado Iglesias, el que trabajaba en Educación, sobre la beca a Italia, y repitió aquello de la confianza que depositaba en mí y la seguridad que tenía en que respondería a ella. Añadió algo sobre el destacado papel que me reservaba el porvenir, la falta que la Nación tenía de personalidades que la honraran y prestigiaran, etc., etc., sin darme ocasión de pronunciar una sola palabra. Al final, antes de despedirnos, el licenciado Iglesias me entregó su tarjeta con la petición de que pasara a visitarlo en el curso de la semana siguiente; me pidió que llevara conmigo tales y tales documentos. Y un mes más tarde, sin casi darme cuenta, desembarcaba en el puerto de Génova. —De la Estrella percibió que había sido un desacierto comenzar el relato de su viaje a Estambul por ese incidente familiar. Sólo faltaba que le fueran a preguntar por su hermana y la forma en que había resuelto con su cuñado el asunto del dinero. ¡Los clásicos sepulcros blanqueados! Tal vez les hubiera parecido bien proseguir el chantaje ideado por Blanca hasta en sus últimos detalles. ¡La unidad familiar por encima del crimen! ¡Te armamos un escándalo en la prensa si no apoquinas con la lana! ¿Precioso, no?—. Yo a Blanca no le había prometido nada, sino sondear al interfecto; al oírlo, aunque nunca fue santo de mi devoción, y sin que él tuviera que darme mayores argumentos, recordé rasgos tan repugnantes del carácter de mi hermana que sentí no poder continuar aquella representación sin acabar vomitando. —La mirada de De la Estrella se volvió aún más vidriosa, la voz más ácida. Había querido acercarse gradualmente al momento en que, para su desdicha, conoció, y las circunstancias en que trató, a aquel par de hermanos que le amargaron la estancia en Estambul y le impidieron admirar debidamente la Mezquita Azul y las muchas otras joyas artísticas que coleccionaba esa ciudad, y no sólo eso, sino que le quitaron felicidad y calma al resto de su vida, Marietta y Alexander se llamaban, ya lo ha dicho, pero había equivocado la ruta, al menos en su inicio. Vio a aquellos viejos exiliados españoles, tuvo la seguridad de que ni los bombardeos ni las prisiones que hubiesen tenido que sufrir podían equipararse con las durezas que él había soportado en la vida, no se diga ya del arquitecto y de sus hijos, para quienes seguramente todo habían sido mimos y bizcochos, jugo de toronja y chocolate caliente a cualquier hora del día que les viniera en gana.

Porque así era; la familia Millares le había dado la espalda, concentrándose en sus banales ocupaciones, como si oír aquel relato implicara un compromiso moral. «¡Si hubieran conocido a Blanca!», volvió a pensar. «¡Si supieran de todo lo que era capaz aquella perra!» Vio de soslayo que Salvador Millares sonreía como si disfrutara un pasaje humorístico de la novela barata que leía. Sabía que se estaba riendo de él. Se arrepintió de no haberlo enviado un par de años a la sombra cuando tuvo oportunidad de hacerlo. Se lo merecía por todos los descuidos cometidos; en un momento le faltaron papeles para demostrar ciertas compras. Los gastos se habían hecho, eso era cierto, los materiales comprados existieron, lo podía comprobar, la construcción se llevó a cabo y a menos costo del previsto, pero sin la documentación adecuada. Cuando castigó a Millares no sancionaba un robo sino el desorden.

Algo que por principio no podía admitir. ¿Quién podía asegurarle que no se trataba de una hábil triquiñuela de aquel joven arquitecto para acostumbrarlo a tratar los asuntos con semejante liberalidad, ganarse su confianza, tenerlo en un puño, y, cuando menos lo esperara, asestarle una puñalada trapera que lo hiciera temblar toda la vida? No podía permitirlo. Por eso le dedujo del sueldo las cantidades no comprobables, rompieron el contrato, dejaron de tratarse. Eso era todo. Vio a la hermana de Millares levantar la cabeza, mirarlo con curiosidad, detener su labor. Era necesario impedirle abrir la boca, sofocar de antemano cualquier pregunta estúpida. Sin perder un segundo, explicó que a Rodrigo Vives lo había conocido en México, que estuvieron juntos en la Prepa; ya entonces era un estudiante pedante y engreído, un politiquillo mañoso que al poco de ingresar se había convertido en presidente de la Sociedad de alumnos, que luego uno estudió leyes y el otro antropología, y en ese lapso dejaron de verse.

—Volvimos a encontrarnos en Roma, gracias, si es que la palabra gracias resulta la adecuada, a un empleado del Consulado a quien de vez en cuando lograba sacarle una invitación para comer. Debo advertir que para nada me consideraba yo un gorrón; aquellas invitaciones tenían su precio y yo estaba dispuesto a pagarlo, ¿por qué no? Consistía en oír durante toda la comida una lección de elegancia práctica. El me informaba qué corbatas debía uno usar, cómo combinar sus colores con los de los trajes y los calcetines, dónde le cortaban las camisas, y dónde la ropa interior. Los postres y el café los dedicaba invariablemente a los zapatos, tema que lo extasiaba. Para ciertos actos y a determinadas horas del día era más apropiado usar calzado inglés, de preferencia al italiano. Esa constituía la verdadera prueba del buen vestir. Sí, los zapatos debían ser ingleses, podían ser Alexander o Barker, pero para las ocasiones importantes los únicos que contaban eran los Church. «No lo olvides», me decía. «Vas a la zapatería y pides Church, no otra marca. ¡Church! Conviene comprarlos un número más grande que el habitual, porque tienen un poco de desperdicio de suela en los bordes. Ese es su *charm*.» Yo para entonces no puedo decir que me vestía sino que a duras penas me cubría, pero lo oía con paciencia. Me pagaba la comida y me conseguía comisiones para que paseara a mexicanos por Roma. También a Vives le serví de guía por la ciudad. Hablaba, hablaba, hablaba, y yo me conformaba con oírlo. En esa época, por regla general, me reducía a ver y a oír; me formaba una idea adecuada de las cosas y la almacenaba en mi interior. Era yo, se puede decir, un banco de datos ambulante. No me había ganado aquella beca para comprometerme a tontas y a locas con nada ni con nadie. Advertí que Vives se movía y manejaba con una holgura muy superior a la de un turista normal. Cada día dejaba escapar una fortuna de sus manos en camisas, corbatas, restaurantes, librerías, espectáculos. Yo, por el contrario, ahorraba todo lo que podía de la beca, pasaba tardes enteras en mi cuarto o en plena calle en vez de meterme en un cine o un café, y hasta había logrado hacerme de algunos ingresos extra. Bastó muy poco para que advirtiera que si bien los monumentos, los museos y los conciertos le interesaban a mi condiscípulo, al grado de hacerlo exclamar a cada momento que no podía prescindir de ellos, también era cierto que las mujeres ejercían sobre él un atractivo no menor. Le presenté a una prima de Elena, una tintorera con quien mantenía yo la más dulce relación, pero ni ella ni ninguna de mis amigas parecieron despertarle el apetito. Era un snob, ya ustedes lo habrán comprendido, un inseguro; es posible que salir con una mesera o con la empleada de una lavandería lo hicieran sentirse disminuido. «¿Ah, sí? ¡Entonces que se joda!», me dije, y lo llevé a ciertos lugares que con auxilio de un chófer de taxi tenía localizados para satisfacer a los visitantes ilustres que me tocaba guiar y así ganarme unas liras, en donde al parecer Vives se sintió muy a gusto.

—Cuidado con lo que dice, lic., no se propase —le exigió Millares.

—¡Nada de preocupaciones! —respondió un tanto corrido, aunque molesto por el confianzudo «lic» que le habían soltado—. Conozco los límites, no se preocupe. —Y continuó—: Como he dicho, era Vives quien hablaba y yo quien oía; pero no crean que me convertía en un público pasivo, nada de eso. Para mí hubiera sido muy fácil decirle que sus constantes conferencias me tenían hasta la coronilla y me arruinaban el poco buen humor de que disponía, pero prefería darle cuerda. Al necio, hablarle en necio, dijo un clásico. No era un escucha pusilánime; por el contrario, en el fondo era yo quien dirigía la conversación. Lo interrogaba, hacía como que discutía con él, pero era un mero juego para permitir su lucimiento. Lo dejé con la idea de que me había deslumbrado, de que cada día me descubría nuevos horizontes en la vida, de que había ganado un discípulo, dispuesto a morir por sus ideas. Rodrigo Vives era extremadamente ambicioso, y yo alentaba esas ambiciones, lo envolvía en elogios desmesurados, sin que advirtiera mi juego. De haber tenido él cinco gramos de cerebro me habría cagado cinco veces al día. ¡Perdón! ¡Juro que será la última vez que desdore mi lenguaje! Parece que no logro escapar del concepto que ciertos personajillos tenían de un festín. ¡Perdón, señora mía! ¡Perdón, cándida infanta, por usar ciertos verbos! Lo único que pretendo explicar es que mejor relación no podía haberse establecido. Rodrigo tenía tres años de vivir en París. Estaba por terminar sus estudios de antropología, que, por cierto, al final de cuentas no lo llevaron a ninguna parte. Antes de salir de Roma me preguntó qué pensaba hacer ese verano. Debo recordarles que estoy hablando del año 61. Nuestro encuentro debió haber ocurrido a finales de mayo o principios de junio. Le dije que me quedaría en Roma; no creía difícil encontrar un trabajo durante las vacaciones. Añadí, para granjearme su interés, que necesitaba algún dinero para libros, para viajar un poco. No podía permitirme no conocer las fuentes de la cultura estando en Italia; consideraba un deber desasnarme un poco antes de volver a México, etc., etc. Estaba casi seguro de que me invitaría a París. No fue así. Pero me dijo, en cambio, que ese verano llegaría de México su hermana Ramona y que tenían pensado viajar por Turquía. Me preguntó si no me disgustaría sumarme a ese proyecto; me invitaría con gusto. «¡Miel sobre hojuelas!», dije para mi coleto, y por supuesto que acepté. Nos quedamos de encontrar un determinado día del mes de agosto en Venecia. Acordaríamos los detalles por correspondencia. Viajaríamos por tren hasta Estambul. ¡Nada menos que en el Orient-Express! Mi generación, y me imagino que todas, tenía sus manías, sus fijaciones particulares. A mí todo me daba lo mismo, pero no a mis contemporáneos. Era imprescindible cumplir ciertos ritos, le agradaran a uno o no; uno de ellos era viajar, aunque fuese una vez en la vida, en el Orient-Express. Rodrigo y Ramona abordarían el tren en París y yo me les incorporaría en Venecia. ¡Jamás me ha gustado tirar el dinero a tontas y a locas! Mis viajes, ya dije que en un período de mi vida tuve oportunidad de hacer varios, los hice siempre a cuenta del erario público. Llegué a mi cuarto e hice mis cálculos. Por lo que deduje de la conversación, Vives daba por un hecho que el tramo de Roma a Venecia lo iba a cubrir yo, lo que me pareció una mezquindad; pero entonces aún no podía imaginar las muchas sorpresas que me iba a deparar el trato con aquel exquisito proyecto de cero a la izquierda y con su dichosa hermana. No haría el viaje en autostop por no considerarlo seguro, y en esa ocasión pensaba llevar conmigo mis ahorros, no para gastarlos, por supuesto, sino porque no tenía yo lugar ni persona que me inspiraran plena confianza en Roma. De cualquier manera, el tren a Venecia no era caro, aunque cualquier cosa que en esa época excediera de un plato de pasta era ya un atentado a mi bolsillo. Al fin de cuentas, yo vivía al día, sin padre millonario como los Vives. Sin recibir de México fuera de la beca ni un centavo más. Mi cuñado Antonio había aludido vagamente a una ayuda personal que jamás me envió. ¿Pedirle algo a mi hermana? ¡Ni loco! Hubiera sido exponerme a una más de sus cartas insultantes. Mis ingresos por acompañar en la ciudad a visitantes de México eran sagrados, intocables; con esas propinas iba yo construyendo mi patrimonio personal. No quiero detenerme en pormenores, básteme decir que un buen día de agosto, certero como una flecha bien lanzada, me encontré en el andén de la estación de Venecia al lado del pullman París-Estambul. —De la Estrella hizo una pausa, como para permitirle a su reducido auditorio paladear aquella metáfora de lujo; se levantó, caminó hasta el gran ventanal, permaneció allí un momento, contemplando la tormenta en perfecto silencio, volvió luego a su asiento y continuó—: Apenas se abrió la portezuela, casi de un salto, bajó Rodrigo Vives. Tras él, con aires de señoritinga muy prendidita, levantando con unos deditos de alfeñique una falda esponjada de color amarillo canario, se deslizaba su hermana, esa Ramoncita para quien estaba yo tan bien prevenido y que tan malos ratos me iba a obsequiar durante los próximos días. En el primer momento me pareció haberla conocido en México, pero no podía precisar dónde ni cuándo. Quizá lo que ocurría era que se parecía en exceso a cualquier otra muchacha de su edad, es decir, que carecía de personalidad propia. Una no entidad, igual que el protagonista de una de las más geniales novelas de todos los tiempos, señores míos. Sólo que, a diferencia de aquél, en vez de iluminar lo que tocaba, ella era capaz de oscurecer hasta el más radiante día de primavera. Ni siquiera vale la pena comentar su raquítica personalidad. Un par de minutos me fueron suficientes para tomarles la medida a los famosos hermanos Vives. ¡Tanta fachada, tanta verba, tanta aparente elegancia, pero en los momentos precisos se manifestaban como unos verdaderos muertos de hambre! Rodrigo me dio un abrazo, me presentó a su hermana, «mi fratella Ramona», y me preguntó en qué vagón viajaba. Me lo quedé mirando con toda la perplejidad del mundo. «¿En qué vagón?», repetí maquinalmente, y para mis adentros dije «¿Cómo que en qué vagón, niño cagón?». ¿Se dan ustedes cuenta? Pensaba que yo había comprado mi billete. Vives comprendió al fin que no era así. Ya no quedaba tiempo para ir a la ventanilla de la estación. Se puso a hablar en francés con un empleado del tren. Y luego se dirigió a mí con algo que me pareció exasperación: «El tren viene a reventar. Es agosto», como si yo no lo supiera. «Sólo hay asientos en segunda clase. Este hombre te acompañará y te expedirá un billete. No hay problema. Pasaremos la mayor parte del tiempo en el vagón comedor. Ve a dejar tu maleta y vuelve para que comamos alguna cosa.» De nuevo me quedé helado. No me gustó nada ese tono de mando, menos lo de pagar mi billete. Tomé una decisión. No iba a ponerme a discutir delante del empleado y de Ramona sobre quién debía pagar el pasaje. Lo haría yo, y en el momento oportuno hablaría con Rodrigo y le pediría que me devolviera el dinero a fin de que su invitación comenzara al fin a ser de veras eso, una invitación. Pero ya me habían echado a perder el día. ¡Y ahí va Dante de la Estrella, licenciado en derecho, a punto de terminar un doctorado en Europa, a un vagón atestado de turcos a dejar su maleta y a regresar de nuevo al compartimento de cinco estrellas a rendirle tributo a la pareja excelsa! ¿Era justo hacerle sentir a alguien, quien para colmo se suponía un invitado, esa distancia? ¡No, no lo era!, pero mucho más injusto fue dejarme, a mí, quien vivía al día, pagar mi transporte, cuando de viva voz y por correspondencia Rodrigo Vives me había asegurado que todos los gastos correrían por su cuenta. En fin, permítaseme omitir el desencanto que sufrí al conocer el sitio donde iba a viajar durante un día y una noche completos, y saltarme un par de horas hasta que los tres estuvimos instalados en el carro comedor. ¡Qué aires, santo cielo! Los Vives se sentían reyes de reyes. El se consideraba el antropólogo más brillante del mundo. Volvería a México para revolucionar su disciplina. Ramona le daba todo el tiempo por su lado. ¡Jamás he conocido mujer que adulara más servilmente a un hermano! Era su gigante, eso estaba muy claro. ¡Pensar que en la actualidad es profesora universitaria! ¡Hay cosas que verdaderamente no tienen nombre! No dudo que alguien en este mundo tan lleno de sorpresas pueda superarse. Me ha tocado ser testigo de transformaciones asombrosas. Pero hay casos en que ninguna superación puede producirse. Es imposible. Por una falta de quorum de las células cerebrales, sencillamente.

Si alguien me dijera que mi esposa se ha vuelto una mujer ilustrada, comprensiva, agradable, respondería yo: «Sí, señor, gracias a Dios así ha sido y me alegra que usted lo haya percibido», pero estaría absolutamente consciente de que se había producido una confusión, de que me hablaban de alguien que de ninguna manera era mi mujer, o de que quien lo decía se había vuelto repentinamente loco. Hay casos, lo repito, en que el cambio es imposible. La señorita Vives, uno de ellos. Su mediocridad no conocía límites. Almorzamos y cenamos en el tren. Bebimos muy buen vino. Ramona exigía que la atención de su hermano, y por ende la mía, se centraran en ella y en su pequeño mundo de trivialidades y caprichos. Ramona Vives necesitaba hacer su tesis, pues por no sé qué razón quería recibirse pronto. Su problema, según ella, era que todos los temas le resultaban igualmente tentadores. El drama de su personalidad, añadía, era la indecisión. Pensaba hacer una lista con diez o doce temas atractivos y ponerlos a sorteo. Sólo quería llamar la atención a base de dengues y arrumacos. ¡Y aquella vocecita! ¡Ay, ay, ay! Lo que más me extrañaba era que Rodrigo la tomara en serio. Había que intentar, le recomendaba, un tipo de ensayo literario que no desdeñara los aportes de la antropología filosófica, seguirle el rastro al demonio, a la voluptuosidad de la muerte, digamos, en nuestra literatura, desde las crónicas de los conquistadores hasta el presente. Comenzar a estudiar con seriedad a Sahagún, por ejemplo, quien apenas desembarcado tropezó con la ubicua y mutable presencia del demonio en todas las cosas que le ofrecía la Nueva España. «Sí, Ramona», le decía con fácil elocuencia, y una de esas voces de terciopelo que usaban hace unos años todos los galanes del cine mexicano para seducir a María Antonieta Pons. «Se impone revisar nuestros viejos mitos, certificar qué ha sobrevivido de ellos, sumergirse en el texto y sondear en ese miasma oscuro que yace bajo lo evidente, escrutar lo que la escritura apenas insinúa y sin lo cual ninguna obra literaria existiría como tal.» Y allí, mis amigos, se soltó uno de esos discursitos a los que era tan afecto, en comparación con el cual los que le había escuchado en Roma eran meros balbuceos, salpicado de nombres de filósofos, escritores y antropólogos franceses, ingleses, alemanes, hasta un rumano, ¡háganme el cabrón favor! Habló de una antropología política, necesaria para captar el verdadero discurso del poder. Sí, nadie, según él, trabajaba en México en las obras novelescas del XIX y, sobre todo, en las de la Revolución, más que el discurso político expreso; en cambio, los críticos desdeñaban considerar el concepto político inmerso, diluido, en el discurso narrativo, el que aparece de manera oblicua en determinadas acciones, brota en los elementos del vestuario, en movimientos del cuerpo y que es el que revela al fin y al cabo la verdadera concepción política del autor, aunque a veces contraríe sus declaraciones expresas. Rodrigo, al hablar de esa hipotética tesis, se perdía en mil vericuetos, los conceptos simbólicos, lo sagrado y lo profano, la vuelta a una formulación filosófica clara del mito a partir de los griegos, las concepciones de los alquimistas, etc., etc. «Todo lo demás es banal, fratella del alma mía», concluyó casi exhausto. Ella lo oía hechizada, sin entender, podría jurarlo, nada, como si oyera hablar en otra lengua. «Dime, ¿qué es eso, hermano?, ¿con qué se come?, ¿cómo se guisa?, ¿le pones alcaparras o aceitunas?, ¿crees que sería posible añadirle algunas rodajas de longaniza?», parecían decir los ojos del cordero inocente. Yo aproveché una pausa para aclarar que en italiano, lengua que conocía ya bien, al hermano se le dice *fratello*; pero a la hermana, *sorella*; que decir *fratella* y *fratellita mía* constituía un gran disparate, y ellos me respondieron al unísono con una sonora carcajada. Me enfurruñé, me resentí, miré con ostentación mi reloj de pulso, pensé decirles que había llegado la hora de que me recluyera en mi habitación multifamiliar. Pero él me puso la mano en un brazo, como para impedírmelo, y dejando de reír de golpe comenzó a hablarme del interés que lo llevaba a Estambul. Se proponía visitar a Marietta Karapetiz, viuda del célebre viajero y antropólogo Aram Karapetiz, un clásico casi por descubrir de la etnografía de nuestro siglo. Fue ése el momento en que oí por primera vez mencionar ese nombre. ¿Iba a imaginar acaso que tendría tan tremenda importancia en mi destino? A esa señora le debo, contra ella misma, mi iniciación en la literatura; fue el motor que me llevó a escribir docenas de artículos críticos en los que, debo aclararlo, la hice morder en más de una ocasión el polvo. Nada menos por ella descubrí al inmenso Nikolai Vasilievich Gogol, cuya obra ha iluminado hasta los momentos más oscuros de mi vida. Rodrigo continuó perorando todo el tiempo que nos quedó esa noche antes de retirarnos a nuestros vagones, ellos a sus literas acolchonadas, yo a sentarme en un durísimo asiento de madera, rodeado de bultos y de tufos diversos, ninguno fascinante, y aun en los ratos en que nos vimos al día siguiente en aquel mismo comedor del ferrocarril, sobre el entusiasmo que le despertaba aquella pareja de nombre tan exótico. Marietta Karapetiz era la fiel y devota depositaria de los papeles del difunto, pero no se conformaba con ser la viuda tradicional de un hombre eminente. Vives destacó el valor de su propio trabajo. Era una eslavista de alto rango, profesora universitaria, autora de interesantes monografías sobre literatura rusa. En los últimos tiempos pasaba varios meses

43

al año dictando conferencias en universidades americanas. Rodrigo y ella sostenían correspondencia, desde antes de llegar él a París, es decir, desde que en México encontró un día en algunas antiguas revistas de historia la Crónica de Karapetiz sobre sus viajes por el sur de México. Le parecieron trabajos de óptima calidad, de interés aún novedoso. ¡Un hombre formado en la Edad de oro de la antropología! Había participado en su primera juventud en una expedición a Nueva Guinea y otra al Asia Central. Más tarde viajó con su mujer por tierras de México y Centroamérica. «De ahí aprendí», pronunció sentenciosamente, él, que jamás había salido de un despacho o una biblioteca, «que la obra verdadera se hace en el lugar de los hechos, en la vida, y no en laboratorios y cubículos académicos». La Revolución había sorprendido a Karapetiz y a su joven esposa en la selva tabasqueña. Habían vivido en nuestro país varios años y viajado en abundancia. Su paso por México, dado el momento histórico, pasó por entero inadvertido. No estaba el país para esas andanzas. Toparon con infinidad de obstáculos; en ocasiones sus movimientos resultaron sospechosos, de modo que antes de que surgieran problemas mayores, decidieron regresar a Europa. Karapetiz dio clases en Alemania, en Suiza. Poco antes de estallar la guerra decidió aceptar un ofrecimiento de la Universidad de Ankara e instalarse en Turquía. Sólo llegar Vives a Europa fue ponerse en contacto con la viuda. Se habían encontrado en una ocasión en París y otra en Ginebra. Y nos volvió a repetir una y otra vez la misma palinodia: una perfecta polígrafa, una humanista, una mujer más fácilmente ubicable en el Renacimiento que en nuestros marchitos días. «Puede hablar del azul transparente del Egeo y del cobalto del mar de Mármara, del postre con caramelo que esa mañana saboreó en el desayuno, del calor agobiante de las tardes y el frescor de las altas mesetas de Anatolia, de una chaqueta, una cartera y unas zapatillas que pensaba comprarse por la tarde en una tiendecilla de apariencia insignificante, pero donde todo lo que estaba a la venta, que no era mucho, mantenía una calidad perfecta, y por debajo de sus palabras siempre estará fluyendo como una lava ardiente el río del pensamiento. Todo lo que menciona acaba por aludir de alguna manera a la cultura.» ¡Háganme ustedes el favor! ¡Ahí está de cuerpo entero! Esa promesa frustrada que fue el ambicioso Rodrigo Vives, era capaz de cursilerías de tal calibre, y aún de otras mayores. Aquel río de lava fluía efectivamente por las venas de la señora Karapetiz, pero muy pocas veces tenía que ver con la cultura. La conocí dos días más tarde. ¡Ay, en qué circunstancias! ¡Jamás he sufrido mayores humillaciones en la vida! ¿Humanista la famosa Manitas de Seda? ¿Una sensibilidad renacentista? En ocasiones se me ha llegado a aparecer en sueños. Allí se llama Manitas de Mierda. Despierto y aún me parece oír su voz aguardentosa, el rechinido de su poderosa dentadura, su interminable y jactanciosa verborrea, y siento escalofríos. No asocio su figura con las Musas, ni sus palabras con la poesía. Todo lo contrario, es un río purulento, una lava de inmundicia la que brota de sus labios. Aun en los sueños me llega el tufo a azufre que emanaba de su boca en la vida real.

Un relámpago se desprendió en esos momentos. Una catarata de luces y un estruendo que hizo temblar los cristales de las ventanas parecieron el acompañamiento natural a las palabras del licenciado. Amelia Millares apartó la vista de su labor de punto, la dirigió al visitante y con voz grave le dijo:

—Me parece, licenciado, que usted convoca a los malos elementos. Hay que aprender a tomar ciertos desengaños con mayor tranquilidad. —Y volvió a enfrascarse en su tejido.

El relator pareció salir de su trance. Miró asombrado a los demás, como un niño perdido que busca la orientación para salir del bosque. Nadie pareció acudir a su llamado mudo, absortos como estaban en sus quehaceres. La Mezquita Azul se resistía con tesón a dejarse configurar. Miró con rencor a Millares; recorrió con la vista, uno a uno, a todos los miembros de la familia. ¿De manera que había sólo desempeñado el papel de un merolico cuyo producto nadie apetecía? ¿Habría arado en el mar? Tuvo ganas de ponerse a gritar. ¿Habían sido sus palabras apenas una melodía doméstica que servía de contrapunto a la tormenta desencadenada en el exterior para arrullar la estúpida lectura de Millares y los entretenimientos manuales de su familia? ¿Nada de lo dicho había valido la pena ser escuchado? Para ellos él no existía, ni sus relaciones con la antigua Constantinopla, cuyas murallas había tocado con sus propias manos, la antigua y tantas veces profanada capital de Bizancio, la Sublime Puerta. ¿Quiénes creían ser? ¿Pertenecientes a qué raza privilegiada? Sin mostrar su desconsuelo, sino, por el contrario, con voz aguda y tono cada vez más perentorio, prosiguió:

—A veces me pregunto, ¿se acordará hoy día alguien de Rodrigo Vives y de sus cósmicas aspiraciones? Mire, Millares, si de algo estaban seguros mis compañeros en la Prepa era de su futura gloria. Hasta yo, que no soy dado a engolosinarme con la gente a primera vista y que trato de ser siempre el abogado del diablo, listo para advertir los yerros y desdeñar los logros, llegué a creer en cierto momento en su brillante porvenir. Y ya ustedes lo ven, volvió a México y sin la ayuda de nadie se cortó las alas. Se las cortó de raíz. ¿No está de acuerdo conmigo, Millares? —Y como el interpelado no respondía y seguía leyendo su Simenon, el licenciado prosiguió con un tono aún más rencoroso, a gritos—: Se esperaba mucho de él y acabó como un burócrata mediocre, sí, uno de tantos, del montón, grisáceo, indeciso, desprovisto, ya no digo de proyectos excelsos, sino tan siquiera de un mediano interés en algo. Después de nuestra estancia en Turquía, la mía brevísima, ya lo he dicho, nuestra amistad se averió para siempre. Durante años no nos dirigimos ni el saludo. En los últimos tiempos he bajado la guardia, por lástima, por verlo tan derrotado: ¿Les conté que la Karapetiz pasó a mejor vida? A partir de entonces comenzó nuestro trato, nos saludamos, cambiamos algunas palabras de ocasión, nos despedimos sin amistad, pero también sin odio. La capacidad del ser humano para darle a uno sorpresas es ilimitada. Si en Estambul hubo un ofendido, ése fui yo. Escarnecido y además timado. Me sobajaron con los métodos más repulsivos. Salí huyendo, sin despedirme, lo reconozco, pero la razón me amparaba. Ni Rodrigo Vives ni la famosa Ramoncita, la hoy día flamante catedrática universitaria, me ofrecieron jamás una disculpa. De él tal vez la hubiese aceptado, de ella ni soñarlo. Me hicieron pagar los pasajes de ida y vuelta, el hotel, se quedaron con mi maleta. Perdí mi reloj, una pluma y buena parte de los ahorros que había logrado reunir en Roma. Con el tiempo he llegado a pensar que de parte de Vives no hubo la maldad que entonces le atribuí. No fue perversidad, sino ignorancia, ingenuidad, lo que lo hizo arrojarme a la jaula de la fiera. Su ceguera ante la impostura de aquella mujer era auténtica. Bastaba oírlo: «Es necesario conocerla. Oírla es una fiesta. Una auténtica mujer de luces; una mente forjada en el Iluminismo y una sensibilidad renacentista. Es esa integración de opuestos lo que la vuelve tan radicalmente contemporánea.» Hoy día ese lenguaje resulta decididamente caricaturesco, pero les juro que él hablaba en serio, que era un cursi. De cualquier manera fue el único responsable de aquella absurda aventura. ¿Cuándo si no por su invitación se me hubiera ocurrido viajar a Turquía? Y en cuanto a la invitación, ya lo he explicado, resultó ser el viaje más costoso que me ha tocado hacer en la vida. ¡Claro que fue el principal responsable! Primero, por llevarme a ese lugar, después por abandonarme en él, ausentándose con el pretexto de un padecimiento de garganta. Todos, señores míos, nos hemos resfriado, nos hemos sentido mal de la garganta, y así y todo hemos dado la cara cuando ha sido necesario. El, no. Bueno, el pasado es el pasado, humo, dicen algunos, mi mujer entre otros. ¡Ojalá también ella lo fuera! Yo no estoy tan seguro; hay heridas que no acaban de cicatrizar del todo. Es lo único que puedo añadir. ¡Pobre Vives! Si se pone uno a pensar, acaba por darse cuenta que no podía sino salir derrotado. Sus aduladores lo perdieron, pero más que nada su incapacidad para tocar y reconocer la realidad. No resultó el intelectual que creyó ser. No fue el maestro de América, ni la figura pública que sus compañeros esperábamos. ¿No lo cree usted así, Millares?

El arquitecto hizo vagos gestos de exasperación, esbozó algún movimiento vago con las manos que no lo comprometía a nada. Nunca había conocido a Rodrigo Vives, ni siquiera había oído su nombre, y no podía imaginar qué esperanzas su fracaso ulterior había defraudado. No lo sabía, ni le interesaba. Era evidente que mientras aquel monigote permaneciera en su casa le iba a resultar difícil continuar su novela. Cerró el libro, dirigió la mirada al ventanal; el chaparrón continuaba, se sirvió otra copa de coñac; se arrellanó en su asiento y con muy mal humor se dedicó a contemplar la tormenta.

III

*Donde se relata la llegada de tres mexicanos a Es-
tambul, y la manera en que desde el primer momento comienza a presentirse la inminente aparición de la controvertida señora Karapetiz.*

—Debimos de haber llegado a la capital turca muy temprano —continuó De la Estrella—, aunque no demasiado,
pues aún tuvimos tiempo de desayunar en el tren. Lo primero que hicimos, obvio es decirlo, fue dirigirnos al hotel
a dejar las maletas. Teníamos habitaciones reservadas en
el Peras Palace, uno de esos hoteles vagamente legenda-
rios que había logrado sobrevivir a la colectivización tu-
rística del siglo. Subí a mi habitación, y me demoré allí
sólo lo indispensable. Me afeité, me di una ducha; no hice
otra cosa. Bajé a la planta baja, donde ya me esperaba Ramona. Algo en su mirada me hizo captar una quisquilla
de desaprobación que me pareció bastante impertinente,
ese tipo de acusaciones no formuladas que pueden fasti-
diar más que un reproche abierto, confirmada de inmediato por el tono antipático con que recalcó que me había
tardado más de un siglo en bajar, dando a entender que
en ese tiempo ella y su hermano habían despachado mil
asuntos de capital importancia. ¡Sí, señor, mientras yo des-
perdiciaba frívolamente mi vida en la toilette! Me dijo que
Rodrigo había informado de nuestra llegada a la profesora
Karapetiz, o, mejor dicho, se la confirmó, pues ya desde

París le había anunciado en un telegrama el medio, el día y la hora de nuestro arribo. «Con esos datos», comenté, así como de paso, «lo normal hubiera sido esperarnos en la estación, o por lo menos enviar a alguien que nos ayudara a sacar las maletas de aquella algarabía, ¿no crees?». Luego, con actitud cómplice, como si esa relación comenzara a parecerme pecaminosa, le pregunté: «Por cierto, ¿qué edad tiene esa ilustre dama sin cuya presencia se siente tan intranquilo tu hermano?» «No sé», me respondió bastante desconcertada, «Rodrigo ha sido siempre así. Desde que tengo uso de razón lo recuerdo como es ahora, ordenando, expedito y eficaz. Apenas llega a un lugar traza un programa y lo organiza sin vacilaciones; él no es hombre, te lo aseguro, para perderse en boberías». Dijo esas palabras con tal solemnidad que por un momento creí que estaba recitando un texto cívico; luego, con voz y actitud más normal, añadió: «Esta noche cenaremos con ella, con la profesora. Me imagino que no querrás perderte la oportunidad. Estoy casi segura de que Rodrigo ha pensado convidarte. Por cierto, debe estar por bajar en un instante.» Hizo otra pausa minúscula, después, como para evitar, si era aún necesario, cualquier equívoco, pero con la condescendencia angelical propia de quien le explica algo a un sirviente tonto, añadió: «La profesora Karapetiz ha de ser una mujer bastante mayor. Vivió en México durante la revolución. ¡Imagínate! ¡Las cosas que a ti pueden ocurrírsete! Vale más un roto que un descosido, dice un refrán muy viejo, y yo soy de la idea de que es preferible aclarar las cosas desde el principio para evitar después equívocos enojosos. Conozco a Rodrigo mejor que nadie...» Mejor que yo en ciertos aspectos, ésos de los que no tiene uno por qué informar a la familia, ten la seguridad que no, estuve a punto de espetarle. Sentí la tentación de revelarle las andanzas *non sanctas* de su hermano en Roma, pero me contuve. Sólo que ya ese día, igual que el anterior, lo volví a empezar de un humor de la trompada. No respondí, pues, nada; comencé a hojear periódicos viejos que había sobre una mesa y a estudiar algunos folletos turísticos de la ciudad. Pasó media hora, pasó una hora, pasó hora y media; de vez en cuando recorría yo el *hall* a grandes zancadas, me asomaba a la puerta, aventuraba algunos pasos por la calle. ¡Muy expedito mi amigo Rodrigo para hablar con su turca, muy ordenado, sí señor, muy eficaz para arreglar sus asuntos, pero que a los demás se los lleve la chingada! Al ver que pasaba la mañana y él seguía sin presentarse, me volví a acercar a Ramona, quien, sentada en un sillón, leía una enorme guía azul y tomaba algunos apuntes, y la increpé: «¿Seguirá todavía hablando con su turca? ¿No se te hace que se le está pasando la mano?» Tratar de hablar con Ramona era una tarea que no le envidio a nadie. Había que verla: una niñota consentida y sin imaginación, sin roce social, a pesar de proceder de un medio donde uno supondría que esas cosas se dan por descontadas. Le preguntaba algo y ella después de meditarlo despaciosamente respondía que sí o que no, y volvía a quedarse en silencio. Le volvía uno a hacer otra pregunta después de un buen rato y ella respondía de la misma manera: que sí, que no, que tal vez, que quién sabe, que ojalá, sin poner el menor interés en mantener la conversación. A los quince minutos de lidiar con ella, hasta el hombre más tranquilo se habría hundido en la desesperación. ¡Imagínese lo que fue estar a su lado durante una eterna hora y media! Intenté llamar varias veces a Rodrigo, pero su teléfono marcaba siempre ocupado. En varias ocasiones le pedí a Ramona que subiera a llamar a su hermano. Se negó. Nada le molestaba tanto a Rodrigo, recitaba, como que le metieran prisas. Era un experto en la cuestión de organizar su tiempo. «¡Ya lo estoy viendo!», le dije encolerizado. Y como si no me oyera volvió a repetir que Rodrigo era muy ordenado, muy expedito y muy eficaz. Ya no pude contenerme. «Mira, querida», le dije, «lo será cuando le conviene, nada más. Tú y yo estamos aquí como un par de bueyes, perdiendo un tiempo precioso. Mejor hubiera sido pasar otro rato en el baño o quedarse en cama otra horita, que a mí buena falta me hace, pues debo recordarte que no dormí en cómoda litera, sino en duro asiento de madera. Al paso que vamos, ni siquiera veremos hoy la ciudad. Me late que tu hermano no va a estar listo sino hasta esta noche cuando salgamos a celebrar nuestras bodas con Sofía».

—¿Con quién? —preguntó Amelia Millares, interesada por fin, al parecer, en aquella historia.

—Lo mismo me preguntó Ramona e igual respuesta le ofrezco ahora a usted. ¡Con la sabiduría! Esto es lo que significa Sofía. Del griego *sophos*: saber, conocimiento, entendimiento de algo. Le había oído esa expresión a un profesor en Roma, y de vez en cuando la sacaba a relucir, causando casi siempre muy buen efecto. Me refería a esa turca, quien, según Rodrigo Vives, compendiaba en sí misma el saber entero del Universo. Me sentía más que harto, pero, ustedes comprenderán, yo era un invitado; por dignidad, por principio, por educación, no quería ir a buscar a Rodrigo. Corría el riesgo de que al día siguiente me enviara a comprarle cigarrillos, o a llevarle el café y hasta las toallas a su habitación. Así que le pedí a un botones que subiera al cuarto de Rodrigo y le dijera que llevábamos toda la mañana esperándolo, que le preguntara también si pensaba quedarse el resto del día en el hotel, para saber a qué atenernos. En vez del botones con la respuesta, bajó el mismo Vives. Me dio excusas, aunque con displicencia, de nuevo como a un sirviente. Se había quedado dormido con el teléfono en la mano mientras intentaba llamar a mi habitación. «¡Más de una hora!», exclamó. «¡Hora y media!», le precisé yo. «¡Quién lo dijera!», parecía asombrado de su propio retraso. Decía sentirse muy mal, afiebrado; le dolían las articulaciones, la garganta. En efecto, su aspecto era malísimo. Se tomó un par de aspirinas y un café muy cargado y salimos del hotel. Y así, con pésima disposición física de su parte y un humor bastante avinagrado de la mía, se inició nuestro primer paseo por la ciudad.

—Pero oiga usted, ¿nos va a decir al fin qué fue lo que ocurrió en Estambul? ¿Por qué esa confusión, esas reticencias? Me parece que voy imaginándolo todo. Aquella hermana comenzó por darle esperanzas y a medida que se desarrollaba el viaje se fue arrepintiendo. ¿A que sí?

Aquella interpretación del viejo Millares, hasta ese momento tan calladito, concentrado en acomodar sus cartas en largas filas y moverlas con exasperante parsimonia, para salir luego con semejante senilidad, estuvo a punto de sacarlo de quicio. Se contuvo como pudo para no responderle con una frase hiriente, que pudiera mover a su hijo a echarlo a la calle en medio de la tormenta. Debe reconocer que aún ahora le cuesta trabajo confesarse a sí mismo que desde el momento en que Vives le comentó que su hermana los acompañaría en el viaje a Turquía se había forjado ciertas vanas ilusiones. Quizá un tierno sentimiento naciera al conocerse. Tal vez en un día no lejano también él pudiera alojar sus pies en un flamante par de zapatos Church, como Rodrigo y el empleado del Consulado en Roma, olvidarse de los temores que el porvenir le planteaba, tener casa en Piedras Negras, o en la capital, y hasta en la playa; se lo merecía, ¿por qué no? No estaría mal hacer la prueba, pero cierta actitud despectiva mostrada por Ramona en el tren y, sobre todo, el comportamiento de esa mañana lo desanimaron. No estaba él para aguantar melindres, caprichos y rebuznos gratuitos de ninguna marisabidilla. Prefirió dar por no escuchadas las palabras del padre de Millares y continuó su discurso:

—No han ocurrido tantas cosas hasta este momento de mi historia, mi estimado buen hombre, como para que se impaciente usted. Más bien podría decirse que esa mañana sucedía lo contrario, una grave carencia de actividad. Habrá acción, no se preocupe, la suficiente como para permitirle a usted vislumbrar algunas de las más extravagantes aberraciones que es capaz de concebir la especie humana. El proyecto inicial consistía en permanecer una semana en Estambul, y de allí continuar viaje a Ankara y tal vez a Esmirna. Es posible que los Vives lo hayan cumplido. Nunca lo supe. Yo escapé al día siguiente. Mi huida, quiero precisar, no fue la del delincuente, sino la del hombre de bien a quien aterra, o al menos perturba, cualquier manifestación de locura. No puedo vanagloriarme de ser un experto en aquella ciudad, no la asimilé. Si me dijeran: «¡Dante, sírvenos de guía en Constantinopla!», tendría que abstenerme por honradez profesional, no importa la cantidad que me ofrecieran. Mi experiencia fue de otro tipo: un vertiginoso viaje al fondo de mí mismo, para el que aquella colorida y bulliciosa urbe sólo sirvió de marco escénico. En fin, era muy tarde cuando ese día iniciamos al fin nuestro programa. Una visita muy rápida, epidérmica, si me permiten ustedes la expresión, insignificante, al corazón de la ciudad de los misterios; anduvimos por el inquietante hormiguero que es el Gran Bazar, un almuerzo en un restaurante de paso, que debió de haber

54

costado una miseria, un descanso de un par de horas en nuestro hotel para reponer fuerzas, que fue lo mejor de la mañana. Todos estábamos deshechos, inquietos, irritados. El fin de fiesta tendría lugar por la noche. Haríamos un recorrido a lo largo del estrecho del Bósforo, hasta llegar al mar de Mármara; después: el gran momento, la tan anunciada aparición de Marietta Karapetiz. ¡Ah, nuestro caudillo no nos escatimó durante el día la repetición de las bondades de aquella extraordinaria mujer! En el restaurante, en el bazar, en plena calle, íbamos oyendo su currículum: viuda de un célebre etnógrafo cuya obra celosamente preservaba, mujer de letras que se había hecho valer por sus propios méritos, etc., etc. Sin embargo, dolosamente nos ocultó una que otra cosita. Me tenía reservada la verdad para más tarde, por si yo no era capaz de descubrirla por mi propia cuenta. ¡Tal era Vives!

—¡Vaya, lic., que eso suena bastante prometedor! Aquella joyita debía valer un potosí. Me imagino que le habrá dado gusto conocerla. —Esa vez había sido el propio arquitecto el interruptor.

De la Estrella se estremeció. No le gustaba para nada ese confianzudo «lic.», que por segunda vez le habían endilgado ya esa tarde. Pero, de cualquier manera, en aquellas palabras que le sonaban a comedia barata había percibido cierto interés de su antiguo colaborador, apenas velado por el sarcasmo. Permaneció unos minutos en silencio, como anonadado bajo el titánico peso de la memoria, luego, con voz que de pronto dejó de ser chillona, histérica, para adquirir cierta digna tonalidad de bajo, dijo pausadamente:

—No soy un hombre de confidencias fáciles, Millares. Todo lo contrario. Quiero dejar constancia de que ésta es la primera vez que hablo de mi viaje. Ni siquiera mi mujer

conoce en detalle las circunstancias en que transcurrió.
¡Loco tendría que estar para ponerla al corriente! Ha pasado más de un cuarto de siglo. Yo era entonces muy joven, conocía poco o nada del mundo, a pesar de que mi vida anterior siempre había sido difícil y había tenido que enfrentarme a situaciones muy abruptas para salir adelante. Sin embargo, aquella aventura fue tan intensa que estuve a punto de perder para siempre el respeto de mí mismo. Yo tenía mis mañas, es natural; gracias a ellas había logrado sobrevivir, terminar una carrera; pero, en el fondo, lo juro, muchacho más inocente, más sano, difícilmente se podría encontrar en este mundo. Era yo un romántico. Una dama para mí equivalía a una Diosa. ¡Verme de pronto mezclado con aquella gentuza! ¡Qué conversaciones, Dios mío, qué costumbres! —De la Estrella comenzó a manotear frente a sus ojos, como si quisiera borrar ciertas visiones—. Sobre todo al día siguiente, en casa de aquel monumento a la sabiduría adonde fui a parar, cuando ingenuamente creía ser ya su amigo y luchaba por afianzar esa amistad que, víctima de una racha repentina de demencia, me parecía en esos momentos la única causa importante por la que valía la pena dar la vida. Me estoy adelantando, lo sé, me excuso, voy en zigzag; hablar no me resulta fácil, nada fácil. Comentaba yo el primer paseo, ¿no es cierto? Y nuestro regreso al hotel. Aún no había conocido a Marietta Karapetiz ni a su hermano Alexander, o Sacha, si así se le quiere llamar, y ya estoy saltando a la tarde del día siguiente, cuando fui admitido en su casa y el hermanito de marras, sin más prendas sobre el cuerpo que una bata blanca, me tomó del brazo, me apartó de los demás y, arrastrando su pierna tullida, me obligó a seguirlo hasta el balcón para soltarme el siguiente discurso: «¡Téngale paciencia, amigo mío!

Usted es joven, y como tal, se complace en atormentarla», lanzó un suspiro monumental, como si tuviera un gran fuelle entre pecho y espalda, y continuó: «¡Mi pobre hermana! ¡No se imagina usted por todo lo que ha tenido que pasar en esta sucia vida!» Comencé a balbucear palabras sin sentido, por la sorpresa. Traté de decirle que me sentía muy lejos de pretender molestarla, de atormentarla, que, antes por el contrario, luchaba por demostrarle mi amistad, quería hacerle comprender que no sólo Ramona era allí su amiga; prevenirla contra la falsedad de aquella mosca muerta, revelarle que no merecía su afecto, que intrigaba con todas sus fuerzas para separarnos. Le dije que ya vería cuán diferente era la realidad a lo que él se imaginaba. Si ponía atención, se daría cuenta de que me desvivía por hacerle sentir a Marietta que mi corazón, aunque un tanto lastimado por sus sarcasmos, era suyo; pero él sin hacerme el menor caso, sin poner atención en mis palabras, continuó su cantaleta: «¡Nadie podrá imaginar lo que ha sufrido esta pobre hermana mía! ¡Mírela bien! Con ese cuerpo tan macizo y tan flexible, con la gracia que tiene y las piernas tan largas, habría podido ser una extraordinaria bailarina de vientre. ¡Una campeona!, se lo aseguro. ¡Imagínese a Leda bailando frente a un Cisne extasiado! ¡A Europa provocando la rijosidad del toro! ¡Qué sensualidad, qué poesía, qué elegancia sabe imprimir a cada movimiento! El suyo hubiera podido ser un vientre precioso, de Querube, mi joven amigo, un vientre seráfico, si no fuera por la rajadura que lo recorre de costado a costado, una cicatriz bastante fantasiosa, no digo repugnante, porque no lo es, no vaya a malinterpretarme, nada de eso. Es una herida que hasta posee una elegancia extraña, unos bordes color de rosa se abren en su centro, donde la cicatriz se vuelve más ancha y forma una espe-

57

cie de minúscula vulva. ¡Ay, mi amigo, la viera, una delicia!, ¡un pequeño coñito de rosa!, ¡un bocadito de Cardenal! Marietta es una chiquilla tan ingeniosa que ha aprendido a hacer algunos movimientos de vientre con los que logra paralizar todos los músculos del abdomen, salvo los labios perversos del centro de la herida. La boquita parece abrirse, cerrarse, bostezar... No tiene caso que se la describa, ¡tendría que verla! ¡Hay momentos en que hasta llego a creer que va a maullar, que va a decir papá y mamá.» Lo vi lamerse los labios con una perversidad arrobadora. «El arte de mi hermana», continuó, «tiene usted que saberlo, es sólo para élites, un espectáculo de torre de marfil, muy ajeno al zafio gusto de las masas. Pero, mi amigo, no tiene usted idea de lo que significa bailar para ese público selecto. Tiene riesgos tan grandes que ella es sabia en no querer correrlos», al decir eso miró su pierna lisiada con melancolía, mientras con una especie de ensoñación se daba palmadas afectuosas en el músculo muerto. Me quedé pasmado. Tuve una sensación de mal de altura, de vértigo. ¿En dónde había caído? ¿En medio de qué oscura selva me encontraba? ¿Se estaría aquel vejete burlando de mí? ¿Hablaba en serio? No lo sabría sino hasta el momento en que me lanzaron al pantano. —Dante de la Estrella hizo una pausa; luego, con una modestia que no había mostrado durante toda la sesión, murmuró—: He hablado demasiado... —Espantaba la palidez de su rostro bañado en sudor. Con voz derrotada, quejumbrosa, concluyó—: Sí, he hablado demasiado. Creo que empiezan a adivinar ustedes... En fin... ¿Ha llegado el momento de revelar verdades? ¡Sí es así, sea bienvenido! No podía ya seguir callando. He sido en esta vida demasiado, demasiado... —Se sorprendió. Luego, casi con un grito estridente, concluyó—: ¡Pues sí! ¡Hablaré...! ¡Si me han de matar mañana...

—... que me maten de una vez —le respondió con júbilo Juan Ramón Millares.

El licenciado De la Estrella se levantó de su asiento, caminó como un autómata hasta la mesa donde el chico y su hermana armaban los rompecabezas. Los miró con curiosidad, como redescubriendo su existencia. Luego sonrió agradecido. Los gemelos habían dejado casi de ocuparse de los rompecabezas para oírlo.

—¡Benditos sean! —murmuró. Sus ojos vidriosos parecieron humedecerse de pronto. Para ocultar su emoción y volver a la serenidad, levantó la lámina que le servía de modelo a Juan Ramón y la mantuvo frente a sus ojos—. ¡La Mezquita Azul! —exclamó poco después, con énfasis innecesario, y con el mismo tono desgranó sin pausas un rosario de palabras—: ¡Santa Sofía! ¡Agia Sofía, como la nombran ellos! ¡El Cuerno de Oro! ¡El Bósforo! ¡El Gran Bazar! ¡El Bazar Egipcio, o sea el de las especias! ¡El Peras Palace! ¡Santa Irene! ¡Todo eso es Estambul!

—¡Y Topkapi! —añadió Elenita.

—¡Y Topkapi, efectivamente! Claro que sí, corazón, también Topkapi, y tres o cuatro cositas más, un par de ellas abominables. Una pareja de hermanos indecentes, ¡carroña!, ¡desechos del gran libro de la Naturaleza!, ¡masajistas! También esa pareja, también eso junto a Topkapi, tienes razón, no hay que olvidarlo, es Estambul.

—... la Sublime Puerta, la antigua Constantinopla, capital fabulosa de Bizancio, y más tarde del Sacro Imperio Romano de Oriente. —Juan Ramón leía el texto escrito en la parte posterior de la lámina que Dante de la Estrella había vuelto a poner sobre la mesa—. Puerta que comunica Europa con Asia, puente de unión entre Oriente y Occidente.

—Así es, así mismo, muchas gracias —dijo el visitante—. Así es, así fue y así será. No es necesario decir más. Visité sólo el Bazar, un par de restaurantes, uno de ellos situado en las costas del mar de Mármara, junto a la boca del estrecho del Bósforo. Hice una visita de médico a la ciudad, un tránsito de la nada a la nada. ¡Meras imágenes vislumbradas desde la ventanilla de un coche de alquiler! Uno que otro minarete, y a su vera las indispensables mezquitas. Una tuvo que ser por fuerza la Azul, ahora que, de no ser por fotografías estudiadas a lo largo de los años, muy poco recordaría de ella, así como del resto de aquella ciudad extravagante, fuera de la nutrida multitud deambulante a todas horas por las calles, plazas y bazares; gente de todos los tipos y todas las edades; había quienes vendían algo, unos que mendigaban, otros más ocupados en algún canje; mujeres veladas y enmascaradas; y a todas horas un estruendo ensordecedor. Todos los tonos que es capaz de emitir el ser humano, desde el susurro más tenue hasta el alarido más agudo, se daban cita allí. Gemidos, gritos, peticiones, sollozos, rumores envueltos y potenciados por ininterrumpidas oleadas de música oriental lanzadas por una cadena de magnavoces estratégicamente colocados. Tres días después de haberme encerrado en mi cuarto romano con una fiebre que debió de haber sido nerviosa, todavía no podía liberar mis oídos de aquella persistente agresión. Mi viaje, no sé si ya lo he dicho, fue más que nada una aventura interior, una indagación sobre la maldad humana y, a la vez, de eso puedo enorgullecerme, un descubrimiento de mi resistencia al mal. Fui crucificado, muerto y sepultado, descendí a los infiernos, conocí uno de sus círculos, no sé si el más lóbrego, o el más abyecto, lo que sí, de eso puedo dar fe, el más pestilente.

Advirtió con rapidez la mirada de incipiente ansiedad que Amelia dirigió a Salvador Millares. Había que andarse por las ramas, se dijo. No había llegado aún el momento de desconcertar al auditorio, de avasallarlo y confundirlo. Se precipitó a desvanecer la inquietud que en esa casa comenzaban a sembrar sus palabras.

—Se preguntarán, ¿será necesaria toda esta cantilena de agravios con que más que obsequiarnos nos atropella el licenciado Dante de la Estrella? Por desdicha, me es preciso responder que sí, que tal introducción es necesaria. Cuando comento que estuve en la capital de Turquía sin conocer más que una mínima fracción de su rico acervo cultural, que no vi museos, ni mezquitas azules ni amarillas, ni enriquecí mi espíritu en la contemplación de obras maestras, me veo obligado a precisar que las circunstancias no fueron las ideales, ciertos intereses se pusieron en movimiento para no permitírmelo. Sé muy bien que no estoy ante un tribunal, y si así fuera, me daría lo mismo. Jamás he tolerado que me pidan cuentas. Me faltó mucho que ver, lo admito, lo reconozco, ¡ni modo! Hay ciudades que podría describir piedra por piedra; lugares de mucha mayor trascendencia en la historia cultural del mundo. Podría gastar días enteros discurriendo gozosamente sobre Roma. Conozco París, Londres, Madrid, Sevilla. En Houston y en San Antonio he estado varias veces. Un día me lancé hasta Leningrado, el París boreal, ciudad donde vivió y sobre la que tanto escribió el eximio Gogol, para poder caminar, al igual que el teniente Piragov, de un extremo al otro de la Perspectiva Nevski y asomarme al canal de la Fontanka, donde esa loca criatura, la nariz del mayor Kovaliov, decidió escabullirse. Pero, ¿qué caso tiene hablar de esos lugares? ¡No estudié en dos universidades para pasarme la vida describiendo ciudades! Más vale regresar a mis jornadas de Estambul. Comenté ya el programa del primer día. El segundo fue muy diferente. La mañana la

61

pasé casi entera en la cama. No era para menos. El largo viaje en tren, el tráfago del día anterior, la desvelada monumental, la cena con Madame Karapetiz, la bestialidad de alcohol que consumí, el tabaco, el regreso al hotel casi al amanecer, todo eso me dejó hecho trizas. Si no me eqùivoco fuimos los últimos en salir del restaurante. Todavía en las escaleras del local, ya de salida, nos alcanzó la orquesta gitana, y sus músicos volvieron a tocar y a cantar «Ramona» para las señoras, quienes levantaban los brazos y los agitaban rítmicamente sobre sus cabezas, mientras hacían temblar el cuerpo como gallinas cluecas. Si hoy me permitiera una noche semejante, sencillamente no amanecía; estiraría la pata en el coche de regreso, o me encontrarían la mañana siguiente en la cama del hotel en artículo mortis. Mi alma perturbada se despediría para siempre de mi cuerpo mortal. ¡La juventud es otra cosa! Yo era joven entonces, y aun así...

—¿Así que bailaron hasta deshoras de la madrugada? —lo interrumpió el viejo Millares—. La verdad, licenciado, tiene usted una manera de contar las cosas que uno parece estar enterándose de todo, y en cierto momento se da cuenta de que no ha comprendido ni pizca de la historia. Bueno, sí, algo he pescado. Apareció Cupido, ¿a que sí?, lanzó su flecha y el entonces joven licenciado De la Estrella cayó fulminado, desfalleciendo de amor ante la hermana de su amigo entrañable. ¿Porque no nos irá usted a contar que fue a la vieja a quien se conquistó?

—¡Gallina vieja hace buen caldo! —sentenció Amelia.

—La hermana de mi amigo, lo he dicho y repetido varias veces, se llamaba Ramona —afirmó de modo mecánico, tajante, De la Estrella, tratando de situarse al margen de aquellas vulgares interpretaciones, de aislarlas, para que no prosperaran, y en ese momento advirtió que sus recuerdos no eran tan fieles como imaginaba; poseían a momentos una nitidez alucinante para, inmediatamente después, desplomarse y hundirse en inmensas lagunas. Veía con precisión mil detalles, como si la historia hubiera ocurrido apenas, digamos, el fin de la semana anterior. Recordaba el vestido negro que llevaba Marietta Karapetiz en el restaurante, por ejemplo, y sus anillos excesivos, sus dedos largos y jóvenes que sostenían constantemente un cigarrillo. Recuerda el timbre de la voz de Ramona Vives, su acento mortecino, de niña pequeña, pero se le escapa algo esencial, el tejido emocional que se creó al principio de sus relaciones. Observa que al hablar de ella tiende a descalificarla de manera global, en lo que tiene razón, claro, pero teme que no siempre haya sido así. ¿Habría seguido pensando en los zapatos Church aún después de conocerla? ¿Y en los abrigos de cashmere y las corbatas de seda? ¡Lo de siempre! ¡El inconcebible misterio con que tropieza uno cada vez que pretende escudriñar las señales del propio corazón. Le parece que hay cosas que no ocurrieron tal como las cuenta, que, por el contrario, la primera impresión que tuvo de Ramona Vives fue la de una muchacha atractiva, discreta, interesada en mil cosas agradables, feliz de hacer ese viaje y dispuesta a disfrutar de él todo lo posible. Que fue más tarde, a medida que evolucionó la relación, cuando le fue cobrando más y más antipatía, hasta llegar al odio absoluto. Recuerda que cuando en el tren ella hablaba de su tesis, y de su incertidumbre en la elección del tema, él llegó hasta a ofrecerle una ayuda que ahora ni siquiera puede precisar en qué podía haber consistido. Tal vez en comenzar a leer con ella libros de antropología, la verdad, no lo sabe. Rodrigo les había en aquella ocasión arrebatado la palabra de la boca para comentar que gracias a su estancia en México la Karapetiz habría podido comprender a algunos de los autores rusos que estudiaba bajo una nueva luz, por cierto muy apropiada, concepto que él ha interpretado en el transcurso de los años de muy distinta manera, concluyendo en que todo lo que había dicho Vives en su vida era una soberana tontería. Aquella intromisión le impidió profundizar en la ayuda que él podía prestarle a la joven. Para Vives, la conversación en el tren sobre la tesis de su hermana no había sido sino un pretexto para lucirse y para llegar en forma gradual al único tema que en realidad le interesaba: la deslumbrante personalidad de Marietta Karapetiz. Se había carteado con ella desde que estaba en México, se habían conocido personalmente en París, encontrado en Ginebra, habían intensificado su correspondencia, y ella le había prometido poner a su disposición los papeles de Karapetiz sobre su estancia en México, con la única condición de que no salieran de Estambul, es decir que tenía que ir a leerlos en su propia casa. De la Estrella ha pensado que si en Roma lo invitó a hacer ese viaje era porque sabía que llegaría Ramona y quería que alguien se encargara de atenderla, pasearla, de salir a bailar con ella, cambiarle los pañales cuando hiciera la chis, mientras él y la Karapetiz conversarían horas enteras viendo rielar la luna sobre el Cuerno de Oro, leerían uno que otro papel amarillento, y, no me cabe la menor duda, celebrarían alguna fiestecita con el pretexto de actualizar los ritos estudiados por Aram Karapetiz en México. No lo consiguió. Con toda seguridad tuvo que cargar con ella a todas partes después de que él logró escapárseles.

—Sigue usted sin responder a mi pregunta, licenciado —dijo Antonio Millares.

Dante de la Estrella prefirió ignorarlo olímpicamente.

—¡Un caso de fanatismo puro! Aún al anochecer, cuando pasé a despedirme, antes de ir a la cena, Vives con una voz que a cada minuto que pasaba se le agostaba, enronquecía y estrangulaba más, volvió a enumerar las virtudes de su letrada favorita y toda una serie de nuevos méritos, prestigios, cualidades, comenzó a emerger, a proliferar como los hongos de un encinar después del aguacero, a hincharse y crecer con tal desproporción que corríamos el riesgo de ser aplastados por tantas risibles cualidades. A cada nuevo mérito que escuchaba, mi indiferencia crecía y se iba convirtiendo en descontento, en fastidio, en repugnancia. Estuve a punto de no ir a la cena, de fingirme enfermo. ¿Por qué Rodrigo podía permitirse una faringitis, y yo, que me había dado una malpasada del carajo, que no había dormido precisamente en el Waldorf Astoria, tenía que sustituirlo en sus funciones? Mire, Millares, uno puede con el tiempo explicarse el fracaso profesional de Rodrigo Vives, su mediocre carrera, su nulidad personal cuando recuerda la pésima manera en que manejaba sus circunstancias. ¡Mencionar por ejemplo el tacto exquisito, la delicadeza de espíritu de aquel erizo! ¡Que Dios nos coja confesados! ¡De sus púas podía haberme hablado!

De la Estrella caminó hasta la ventana, se cercioró de que estaba bien cerrada, que no dejaba filtrar ninguna corriente de aire. Se dirigió después con paso militar a la mesa de los licores y se preparó un whisky con soda bien cargado. Aludió con suma volubilidad a su capacidad de resistencia ante cualquier campaña publicitaria que le tratara de endosar un producto determinado. Nadie sabía ya de qué hablaba. Sólo más tarde se hizo evidente que no había cambiado de tema, que seguía siendo la víctima de la obsesión que esa tarde, desde el comienzo de la tormenta, parecía martirizarlo.

—¡Así soy yo! —exclamó triunfante—. ¡Así me he

vuelto! Cada vez más exigente, en la comida, en la construcción, en el vestido, en todo. No dejo que me encajen un producto sin antes haber comprobado sus virtudes. Me cierro, me acorazo, me cubro de espinas hasta volverme un puerco espín, o permanezco sumergido en mi carapacho como un sabio y precavido quelonio a quien mucho han enseñado los años. Llego a cualquier encuentro más que pertrechado. Y no es que la mía sea una mente inflexible, se lo aseguro. Trato de defenderme de los prejuicios igual que de las novedades. Estoy dispuesto a reconocer cualquier mérito ajeno, del mismo modo que admito y reconozco mis errores. Si me he equivocado al apreciar una personalidad me encontrarán siempre dispuesto a presentar excusas, a cambiar de opinión, a besar manos, pies en los casos extremos. Pero para llegar a eso, la parte contraria, llamémosla así, tiene que haberme convencido. Ramona oía embelesada a su hermano, ya de antemano vencida, dispuesta a la rendición incondicional, con expresión de rapto en sus ojos bovinos, la lengua pendiente, la saliva escurriéndole. Parecía implorar que le impusieran la marca de fuego que la distinguiera como animal de tal o cual ganadería, la de Rodrigo Vives, la de Marietta Karapetiz, hasta la de Sacha, lo que sería ya el colmo. Muy otro era mi caso. Yo estaba, y sigo estando, hecho de una sustancia diferente. La veía sorber la voz cada vez más extinguida, menos inteligible, de su hermano, sumida en un éxtasis de beatitud ante la certeza de que esa noche, en cosa de minutos, iba a conocer al portento que se nos trataba de imponer a todo costo. Pero es necesario volver al punto donde he dejado esta historia. Después de nuestro mediocre almuerzo y del triste paseo de esa mañana volvimos al hotel. Para esas horas yo andaba ya arrastrándome. Los tres nos movíamos como muertos vivientes. Llegué como pude a mi cuarto y me derrumbé en la cama. Creo que comencé a roncar antes de que mi cabeza llegara a tocar la almohada. En ese estado de agradable y gratificante catatonia debo haber permanecido unas tres horas. Podría haber dormido más, entregarme a ese sueño denso, sólido, sin fisuras, hasta la mañana siguiente. Para mi desdicha, me despertó el teléfono. Oí una voz que a base de insistencia gradualmente me sustrajo del sueño. Al principio no comprendía ni dónde estaba, ni de quién era la voz, y menos qué se proponía decirme. No sabía siquiera si estaba en Roma o en México. Pasé una mano por encima de la cama, tratando de reconocerla al tacto, con muy escasos resultados. Al fin, la insistencia de la voz, su tono perentorio, logró que paulatinamente fuera haciéndose la luz en mi cerebro. Era la Ramoncita, quien me avisaba que Rodrigo se sentía muy mal. Ardía en fiebre. Se le había cerrado casi por completo la garganta. Habían llamado al médico del hotel, el cual diagnosticó una faringitis perniciosa. Una infección, pústulas, qué sé yo. Le acababan de poner una inyección para bajarle la fiebre. Una enfermera le aplicaría otras cada cinco horas. No le permitían salir del hotel, ni siquiera de su habitación. Me pareció ver el cielo abierto. Dije, como es lo habitual en esos casos, que lo sentía mucho. Ofrecí, por mera cortesía, mis servicios. ¿Podía ser útil en algo? ¿Salir a comprar las medicinas? ¿Alguna otra cosa? Estaba a su disposición para lo que se ofreciera. Le deseé un rápido restablecimiento, pero con sano egoísmo me alegraba de no tener que salir esa noche y poder así descansar como era debido, reponerme de las fatigas del viaje, que no acababa de superar. Después de todo, teníamos varios días por delante para hacer visitas y cubrir compromisos sociales. Lo importante era que Rodrigo se restableciera pronto. Se hizo un silencio en el teléfono que me pareció de mal agüero. Luego, el auricular fue destilando murmullos, hipos, sonidos incoherentes, gemidos. ¿Qué música era ésa? Con gran esfuerzo pude hilvanar e interpretar aquellas señales con las que Ramona trataba de comunicarse conmigo. Me explicó haber llamado a casa de la profesora Karapetiz para excusarse, y que le respondió alguien con quien, por cuestiones de idioma, había sido imposible entenderse. No se arredró con las dificultades con que el destino la probaba e hizo que un empleado de la administración volviera a marcar el número y pidiera que se pusiera la profesora al teléfono. El empleado traducía a medida que le hablaban. Ni la profesora ni su hermano se encontraban en casa. Habían ido al centro y llegarían más tarde... mucho más... ¿Mucho más qué?, quiso saber Ramona, y el empleado tradujo y la respuesta no se hizo esperar. Mucho más tarde, ¿qué otra cosa iba a ser? Tanto ella como el señor Alexander llegarían sólo a dormir. Habían ido al centro y luego cenarían fuera de casa con unos amigos extranjeros. «Esos amigos somos nosotros, ¿te das cuenta?» Le respondí que no era nada difícil comprenderlo. «Por eso, Dante, me permito llamarte», ¡ahí estaba ya la puñalada tan temida! «Quiero pedirte que me acompañes al restaurante. Rodrigo se siente sumamente mortificado. Este contratiempo lo ha puesto aún peor. ¿Te imaginas qué inconcebible descortesía sería dejar plantada a la profesora Karapetiz en un restaurante que, para colmo, queda en las afueras de la ciudad? Rodrigo me pide que lo excusemos y le expliquemos lo ocurrido. El médico dice que, si se cuida, pasado mañana podrá estar del todo recuperado... Es necesario que su faringe...» Le impedí a toda costa que me fuera a detallar el cuadro clínico. Me aburren hasta la aflicción todas las descripciones que tienen algo que ver con la podredumbre que alberga el organismo humano. Sólo para silenciarla le respondí que contara conmigo, que me dijera a qué hora tendríamos que salir del hotel, que estaría listo en el momento que ella me indicara. ¿A las ocho de la noche? De acuerdo, estaría en la planta baja diez minutos antes de esa hora. Tenía el tiempo medido para bañarme y vestirme. No me puse corbata. Me arreglé de manera más bien informal. ¡Era verano! ¡Agosto, nada menos! Hacía un calor endemoniado. Ramona misma me había dicho por teléfono que se trataba de un restaurante en los suburbios de la ciudad. Me puse, pues, unos pantalones de dril y una camisola del mismo material. Si en Roma, una ciudad de tantas exigencias, ¡la Ciudad Eterna, nada menos!, la gente solía vestirse así para cenar en verano, no veía por qué no podía hacerlo en Estambul, que para mí era, y sigue siendo, el culo del mundo. —Se oyó en la sala una risa como de ratoncito, pero el narrador no le hizo caso y continuó—: Una cualidad incuestionable de Ramona era la puntualidad, quizá la única que le conocí. Cuando salí del ascensor ya estaba esperándome en el vestíbulo. ¡Qué pretensiones, qué afectación, qué mal gusto! Juro que mi juicio está libre de cualquier mala fe. Su vestido era una llamarada de seda color naranja con una especie de rebozo verde perico de hilo muy fino. Era como para reflexionar. Los Vives, con todos sus aires de aristócratas de San Luis Potosí, no acababan de lograr salir del trópico. No le dije lo que pensaba; por el contrario, con mucho cariño, le comenté que se veía muy bien, que sólo le faltaban unas piñas, unos plátanos y unos colguijos en la cabeza para ser Carmen Miranda. Me respondió que tal vez fuera yo muy ocurrente, pero que la excusara por no compartir mi sentido del humor. Habíamos quedado de estar en el restaurante a las ocho y media de la noche. Nos dijeron que haríamos el trayecto en media hora cuando mucho. Pasamos a despedirnos de Rodrigo, quien nos endilgó el discurso que ya les he glosado sobre la inmensa categoría moral de la mujercita a la que estábamos a punto de conocer. Le deseamos las buenas noches y salimos, e hicimos bien, porque a pesar de verse como un moribundo, no acababa de perder la verborrea, y su único tema ya ustedes saben cuál era. Capaz que si me quedaba unos minutos más, me hubieran dado ganas de renunciar a la visita y mandar sola a Ramona. No fue así. Y aún hoy lo siento. En teoría, estábamos con el tiempo sobrado, daríamos muestras de un sentido británico de la puntualidad. Pero no contábamos con las dificultades que se nos presentaron para obtener un taxi. Y la que nos iba a plantear todavía la localización del restaurante. No quiero aburrirlos con nuestras peripecias, básteme decir que cuando llegamos al sitio que buscábamos eran casi las diez de la noche.

El licenciado sorbió un trago de whisky. Se lo había servido él mismo hacía un buen rato, y no lo había probado durante la emisión del malhumorado soliloquio anterior. Puso cara de estupefacción al sorber su bebida, como si se tratara de una pócima que ingiriese por vez primera, y el sabor le sorprendiera y repugnara en extremo. Caminó tambaleándose hasta el sofá, siempre con el vaso en la mano, se desplomó en el centro del mueble y allí, sin pausas, comenzó a ingerir grandes tragos, chasqueando los labios, gimoteando, hasta dejar vacío el enorme vaso. El efecto producido por esa actuación fue casi mayor que el logrado en el transcurso de su relato.

Sonó el teléfono. El timbre sobresaltó a casi todos los presentes. Contestó Millares. Del diálogo que siguió se dedujo que Julia, su mujer, llegaría tarde, que no la esperasen a cenar. Millares aprovechó la oportunidad para decirle que estaba allí, en su espera, el licenciado De la Estrella, para ultimar detalles de un trabajo. Ella soltó una carcajada. ¿Era posible que aquel imbécil creyera que ella o su madre iban a aceptar su proposición? No se explicaba cómo podía no entenderlo, habían sido clarísimas. Le pidió que lo echara a patadas de la casa, sin miramiento alguno. Luego cambió de tema. Habló de unos vídeos nuevos que llevaría a casa. Algo del primer René Clair, y *Dinner at eight,* que desde hacía tiempo andaban buscando, y *Mares de China,* y también dos películas alemanas con Conrad Veidt, que eran una verdadera rareza. No, en Coyoacán no llovía demasiado. En fin, ya hablarían más tarde.

Millares miró al licenciado y pensó que no era el momento de transmitirle el mensaje de su mujer. Vio una cara de abatimiento y de furia, de resignación y de locura. Habría que dejarlo en paz, que le acabara de pasar la crisis.

Y en ese momento volvió a sacudirse la ventana. Una luz lo invadió todo. Luego estallaron los truenos. Se sacudió toda la casa, tintinearon los cristales. La luz eléctrica se suspendió por un instante. Cuando volvió, Millares vio que la expresión de su forzado huésped no se modificaba. Sólo había añadido un gesto a su rostro, una sonrisa despectiva que igual podía ser una mueca de pavor.

IV

Donde al fin aparece la tan aguardada Marietta Ka-
rapetiz, y se muestran sus encantos, los que a
Dante C. de la Estrella no en todo momento le pa-
recen tales.

Se hizo una pausa. No se podía decir que los miembros de la familia Millares hubieran seguido hasta ese momento con igual atención el relato de Dante de la Estrella. A cada uno de ellos le había interesado sólo alguno que
otro momento aislado de la historia. En general, conside-
raban el discurso del licenciado como un contrapunto permanente al ruido producido por la lluvia al azotar las ventanas. Un poco como oír la radio. El sonido estaba allí,
pero nadie se sentía obligado a ponerle toda su atención.
Aquel público familiar, inicialmente pasivo, había tran-
sitado del tedio a la impaciencia; hasta que, poco a poco,
al transformarse el confuso balbuceo inicial del narrador en un golpe incontenible, éste había terminado por
atraparlos. Al final, todos parecían estar más o menos pendientes del espectáculo ofrecido por aquella cabalgadura
impaciente, nerviosa, a momentos casi enloquecida, que,
tenían la seguridad, acabaría por conducir a su jinete hacia
un inevitable precipicio. Millares había cerrado la novela
de Simenon, resignado a conocer la solución de sus enigmas sólo después de la partida de su antiguo cliente. Su
padre interrumpió el solitario, y su hermana Amelia puso,

72

quizás, menos atención al tejido de gancho. Hasta los gemelos parecieron despreocuparse de seguir construyendo el Taj Mahal y la Mezquita Azul. Al callar el licenciado, el único ruido que se dejó oír fue el monótono golpeteo de la lluvia sobre los cristales. Las miradas estaban concentradas en aquel homúnculo de mirada enloquecida y rostro casi desfigurado que permanecía en actitud inmóvil en medio del sofá. Lo miraban, evidentemente, en espera de alguna aclaración. Nadie podía presumir de haber captado por entero el sentido de aquella agitadísima perorata: una visita a Turquía, que por alguna razón había salido mal, como resultan tantos viajes que se hacen en compañía, y que, de repente, en los momentos menos pensados, revelan incompatibilidades insospechadas, capaces de hacer trizas amistades, noviazgos, amasiatos, asociaciones de negocios. Al oír a De la Estrella, uno quedaba con la impresión de que aquel viaje había resultado bastante peor que la mayoría, sin que se supiera exactamente el porqué. Los detalles ofrecidos por el narrador resultaban más bien incoherentes, a menos que la razón de aquel fracaso estuviese contenida en el mero inicio de la crónica, en el que nadie había puesto demasiada atención. El hecho de haber pagado un pasaje de ferrocarril no parecía razón suficiente para tanta agitación y tan descoyuntada palabrería.

A Salvador Millares comenzó a regocijarlo la transformación sufrida por aquel animal de presa a quien había sufrido años atrás, el hombre de acero que tantos pésimos momentos le había proporcionado en su breve relación profesional, convertido, de pronto —¿a efectos de qué?, ¿de los años?, ¿de la tormenta eléctrica?, ¿de alguna progresiva enfermedad de los nervios?— en un trozo de gelatina desfalleciente, en un tembloroso ostión que se retorciera bajo las gotas de limón que sobre él iban cayendo. Allí yacía el licenciado, gimoteante, estremecido, desvencijado a mitad del sofá. Parecía haber dado por terminado el relato, y que allí se quedaría, pasmado en una inexplicable rabieta, hasta que su automóvil pasara a recogerlo.

Amelia se levantó. Fue a la cocina a pedir que sirvieran el café y algunos bocadillos que había mandado a preparar desde hacía un rato. Al regresar a la sala, la atmósfera seguía estacionada. Nadie volvía a sus anteriores ocupaciones. Parecía que hasta el aire se hubiera paralizado en espera de que el visitante reanudara el relato de su viaje a Estambul. ¿Qué había ocurrido con Ramona y Rodrigo Vives? ¿Por qué, sobre todo, no les revelaba el misterio al que parecía aludir cada vez que mencionaba a esa profesora de vientre rajado y nombre tan extraño, la tal Marietta, cuya aparición, tantas veces anunciada, se les escamoteaba precisamente cuando estaba a punto de acontecer?

La expresión de anonadamiento plasmada en el rostro del licenciado hacía difícil aventurar cualquier comentario, arriesgar alguna pregunta. Fue para todos un respiro que Amelia Millares saliera de la cocina y tomara la palabra con entera naturalidad al volver a la sala.

—Nos traerán café en un momento. A estas horas nos caerá de perlas. Mi marido decía que para las tardes de lluvia nada como un buen café, una copa de coñac y un buen rato de conversación. —Con el mismo tono con que había dicho esas banalidades, añadió—: Tengo la impresión de que me he perdido el final de la historia. Dígame, licenciado, cuando llegaron al restaurante la prenda habría volado, ¿no fue así?

Los Millares esperaban casi con ansiedad la respuesta. Sin embargo, tan pronto como Dante de la Estrella abrió la boca nadie le permitió responder. Todas las voces estallaron a un tiempo. Si alguien hubiera podido descifrar la confusión habría escuchado:

A Elenita, la hija de Millares, preguntar cuántos turcos cabían en el interior de la Mezquita Azul, y si estaba llena todo el tiempo o sólo cuando se celebraba misa.

A su hermano Juan Ramón, inquirir si en aquel restaurante la turca les había bailado la danza del vientre, y añadir, con alborozo, lo mucho que le habría gustado ver aquella cicatriz en forma de boquita, y si era cierto que sus bordes se abrían y cerraban como si estuviera cantando.

Al viejo Millares, comentar que si la mujer se había marchado, con toda seguridad no habrían tenido dificultades para encontrarse con ella cualquier otro día. A fin de cuentas habían hecho ese viaje a Turquía con el propósito expreso de entrevistarse con ella. ¿No era así?

A Amelia, pedir que le explicara quién se había enamorado de quién, pues desde el primer momento había intuido que se trataba de una historia de amores difíciles, pero sin lograr ubicar con claridad a los protagonistas.

Y a Salvador Millares, el arquitecto, manifestar que se le había escapado lo más importante de la narración. ¿Por qué le había dejado de dirigir el licenciado la palabra a Rodrigo Vives? ¿O había sido, como en su caso, el propio Rodrigo quien había decidido cortar todo trato con él? ¿Cuál había sido el problema? ¿También una cuestión de dinero?

Entró en ese momento la sirvienta con el café y los bocadillos. Todos callaron, como avergonzados. El licenciado se excusó por no tomar café y se preparó otro whisky, no tan cargado como el anterior. En el nuevo silencio general que se produjo, se dedicó a comer deprisa, a grandes bocados, un inmenso trozo de tortilla de papas y a beber ruidosamente su whisky.

—¿Y entonces, licenciado? —volvió Amelia a la carga.

—¿Entonces qué? —respondió el otro con desabrimiento.

—No respondió usted a mi pregunta.

—Así es, no respondí, y si usted me apura me permitiré decirle que no tengo por qué hacerlo. Entre otras cosas, porque sus palabras me resultaron incomprensibles.

—Sólo pregunté si había volado la prenda —respondió la otra, un poco amoscada.

—Y yo a mi vez le contesto con otra pregunta: ¿Qué prenda tenía que haber volado? Me da la impresión de que para usted no he hecho sino hablar de pájaros, ¿no es así?, ¿de patos?, ¿de gallinas? —Luego añadió con sequedad—: Por una de esas contradicciones en que tan rica suele ser el alma colectiva, sucede que desean ustedes saber algo de mí, me apremian a aclararlo, y cuando al fin han vencido mis escrúpulos inician tal barullo que el uso de la palabra me resulta vedado. Me he sincerado ante ustedes. Les he dicho que ésta es la primera vez, y estoy seguro de que será la última, que hablo de tal viaje. No se debe sólo a haber visto esa prodigiosa mezquita —dijo señalando el rompecabezas de Juan Ramón—, sino, sobre todo, por la vieja amistad que nos une; es posible que algo que soñé anoche también contribuya. Una pesadilla que no logro recordar, pero que algo debe de tener que ver con esta necesidad de comunicación en mí nada habitual. He vivido toda esta mañana en una especie de sonambulismo, con la sensación de que dentro de mí seguía vivo y trabajándome ese sueño que no logro pescar. De pronto sentí que debía hablar con su mujer, Millares, y me he encontrado con esa mezquita. ¡Un caso puro de parasicología! Nunca entenderán ustedes, quizás por su obstinación en no hacerlo, lo que ese viaje me afectó, no sólo en su momento, lo que sería normal, sino durante los años subsiguientes. Nunca volvió mi vida a ser la misma. Ahora bien, no me arrepiento de haber ido a Estambul. Me quejo, hablo de mis traumas, de mis dolores, etc., pero en el fondo tengo que reconocer que en el combate que allí se libró sólo yo resulté victorioso. Sí, fui en aquel torneo terrible el único triunfador. Ante mí se abrió un espacio infinito para desarrollar mi espíritu. Me temo, Millares, que usted, reducido como está por su propia voluntad a la subliteratura, no podrá entender el placer que otro tipo de libros pueda producir. Nada hay, a mi juicio, en el mundo, que supere al sabor de la erudición. Buscar ciertas obras en catálogos difíciles de obtener, pedirlas, esperar con impaciencia su llegada. Pasar varias horas al día ensimismado en su compañía, haciendo notas. Soy otro hombre, a pesar de los esfuerzos de mi mujer y del mundo para mantenerme a ras del suelo. Un esfuerzo heroico que muchos no comprenden, pero cuya realización a mí me basta.

—Entonces —insistió Amelia, con voz ya mucho menos segura—, ¿se había retirado la señora cuando llegaron al restaurante?

—¿Le hicieron probar a usted algún afrodisíaco? Los orientales tienen fama de ser los mejores del mundo —interrumpió Juan Ramón.

—Haz el favor de dejar en paz al licenciado. Va a contarnos si esa noche hizo el viaje de balde a ese lugar o no.

De la Estrella miró en derredor suyo, deteniendo su mirada turbia en cada uno de los presentes. Luego, con voz chillona, exclamó:

—Ustedes conocen mi apego a la puntualidad. Es una manía, lo sé. Hay quienes me la echan en cara, qué se le va a hacer. Hasta en los días y las horas de tránsito más espeso yo llego siempre a tiempo. No es una virtud que me haya esforzado en cultivar: no, es una costumbre congénita en mí, un integrante de mi naturaleza profunda. No necesito mirar un reloj ni esperar que alguien me indique qué hora es para saber que debo pasar al baño, que necesito afeitarme a un ritmo lento o acelerado, a qué hora ponerme la corbata, cuándo cerrar la puerta de la casa y subir al automóvil. En mi interior funciona un mecanismo estricto de relojería. Salgo de casa en el momento adecuado y llego a mi destino a la hora precisa. Así soy, así he sido desde que tengo uso de razón y así seré hasta el día de mi muerte. Si me invitan a cenar a las ocho de la noche, tengan la seguridad de que llegaré a casa de mis anfitriones exactamente cuando suena esa hora, lo que me lleva a encontrar siempre a la gente de casa en mangas de camisa y esperar un par de horas para que empiecen a llegar los otros invitados. Esa precisión resulta irritante para los demás, quienes comentan, para justificar su desorden interno, que es una actitud obsoleta de mi parte, una ridiculez, una cursilería, y al fin de cuentas terminan por dejar de invitarme. No saben el bien que me hacen, yo y mis estudios salimos ganando. Pero ¿a qué viene todo esto?, se preguntarán ustedes. ¿Por qué se jacta Dante de la Estrella, licenciado en derecho con un curso de posgrado en Roma, de ciertas cualidades suyas cuando nos hablaba de un viaje por Turquía? ¿Habrá perdido el rumbo? ¿Se habrá contagiado de las incongruencias de su mujer y de varias otras personas con las cuales, y en contra de su voluntad, se ve obligado a tratar? Hay a quienes les gustaría que así fuese. Mi deleite es chasquearlos. Si hablo de mi obsesión por la puntualidad es para que pueda entenderse la mortificación que pasé esa noche, la angustia por llegar al sitio donde desde hacía hora y media nos esperaba Marietta Karapetiz.

—¿Conque al fin la localizaron? ¡Quién iba a decirlo!

—Debe usted saber, señora mía, que cualquier hotel que se jacte de pertenecer a la primera categoría tiene siempre a su disposición un servicio más o menos eficiente de taxis. Todos, menos aquel donde estuvimos alojados. El Peras Palace era entonces todavía un sitio de considerable prestigio. Se le menciona en novelas y diarios de autores importantes; su imagen apareció en varias películas americanas, y, sin embargo, desconocía la existencia de esos servicios indispensables que cualquier hotel mexicano de muchas menos ámpulas pone a disposición de su clientela. Un portero me avisó que el taxi estaba pedido y que pasaría a recogernos de un momento a otro. «Un Buick negro», me dijo, guiñándome, a saber por qué, un ojo. Pero no hubo Buick negro, ni azul, ni morado; ni hubo Ford, ni Volkswagen, ni mula, ni camello. Al final, le pedí a un botones que saliera a la calle a conseguir un coche. Apareció con él a la hora en que deberíamos estar ya en el restaurante. ¡Quién podría recordar ahora si era un Buick, y menos negro! Lo único que puedo decirles es que se trataba de un coche muy viejo y muy sucio, cuyo interior olía a rayos. Ramona le entregó al chófer una tarjeta con el nombre y la dirección del local que buscábamos. Depositar la confianza en un turco, puedo asegurarles, es el error más descomunal que alguien pueda cometer en la vida. El muchacho que había ido a buscar el automóvil esperaba no sé qué propina fabulosa, y cuando le entregué unas cuantas monedas italianas que me quedaban en el bolsillo, las arrojó al suelo, mascullando no sé qué indecencias en su lengua incomprensible. Su tonito, y las miradas de inteligencia que cambió con el chófer, me dieron la peor espina. Estoy seguro de que tan pronto como el coche se puso en movimiento, se agachó a recoger el dinero. Nunca he creído en las palabras ni en los gestos vehementes de quienes dicen despreciar el dinero. Durante media hora recorrimos la ciudad en varias direcciones. Al final, salimos de ella. Pasamos al lado del gran puente sobre el Bósforo y llegamos a una playa colmada de restaurantes y de bares nocturnos. Nuestro coche se detuvo. Creí que habíamos llegado. Estaba a punto de abrir la portezuela y saltar a la calle cuando advertí que estábamos atrapados en otra más de las tantas situaciones bochornosas que conformaron aquel viaje endemoniado. El chófer se volvió hacia nosotros y comenzó a hablarnos en turco. ¿Quién iba a entenderlo? El inglés y el italiano, para no hablar de nuestra lengua soberana, de nada nos sirvieron. Por las señas que hacía a los restaurantes cercanos, por la guía de la ciudad en que nos mostraba inquisitivamente la sección gastronómica, comprendimos que preguntaba el nombre y la dirección que buscábamos. Le dijimos que le habíamos pasado esos datos en una tarjeta. Lo mismo, no entendía; es decir, fingía no entendernos. Ramona arrancó una hoja en blanco de su agenda de bolsillo, sacó su pluma fuente y simuló escribir unas palabras; luego le pasó el papel. Intentaba reproducir el gesto inicial, cuando le entregó al chófer la tarjeta con la dirección. El turco tomó el papel, le dio vuelta a uno y otro lado con cara de perplejidad, haciéndonos comprender que no veía nada, y luego, con una mueca de vulgaridad indescriptible, se llevó las manos a las sienes, e hizo signos que sin lugar a duda indicaban que Ramona no estaba en sus cabales, y que, como hombre, me responsabilizaba a mí de la situación. Su tono era ya muy agresivo. ¡Una escena manicomial! Puso en movimiento el auto; recorrimos a vuelta de rueda unas cuantas cuadras, leyendo cada uno de los anuncios de neón. En un momento el taxi se introdujo en un callejón oscuro. Tuve la seguridad, y en eso el instinto nunca me ha fallado, de que aquel sujeto se había puesto de acuerdo con el botones del hotel para desvalijarnos; no me cabía duda de que éste habría llamado por teléfono a otros forajidos, quienes nos esperaban en ese estrecho y despoblado callejón para dejarnos en pelota. Sería fácil hacer aparecer el atraco como algo accidental. Me puse muy nervioso, pero no me permití perder la cabeza. Saqué rápidamente un billete de cincuenta dólares y se lo mostré al chófer. El mafioso encendió una linterna de mano y lo estudió con cuidado. En ese momento, como por arte de magia, la luz se detuvo en un sitio del automóvil, donde apareció un papelito arrugado junto al freno de mano; lo levantó, aparentando sorpresa, y, claro, era el nuestro, con el nombre y la dirección del restaurante que buscábamos. Quiso tomar el billete, pero, con una rapidez de ilusionista, logré sustraerlo de sus manos y le dije que al llegar al restaurante le obsequiaríamos una óptima propina. Pareció comprender que su juego estaba descubierto, y que no le quedaba sino actuar como era debido. No quiero alargarme en este incidente. Bástème decir que eran casi las diez de la noche cuando nos reunimos con Marietta Karapetiz. ¡Y nuestra cita estaba fijada para las ocho y media!

—¡Vaya amor que debe de haberle tenido esa turca a Rodrigo Vives para quedarse esperándolo hasta esas horas! ¿No la decepcionó descubrir que su amigo del alma se había conformado con enviarle a sus embajadores? —preguntó con cierto tonillo burlón el arquitecto.

—Nunca he afirmado que Marietta Karapetiz fuera turca, sino que vivía en Turquía, en Estambul, para ser

81

más precisos. Les quedaría más que agradecido si se abstuvieran de desvirtuar con su imaginación mis palabras. Trato de ser preciso en todos y cada uno de los incidentes que compusieron ese absurdo pero revelador episodio de mi vida. Pido entonces, y creo tener derecho a ello, que se abstengan de manifestar sus propias interpretaciones —respondió De la Estrella con acritud—. En efecto, nos hallábamos ante el restaurante en cuyo interior nos esperaba, no se podría decir que pacientemente, aquella a quien usted llama «la turca». Bajé de un salto. Con la mayor cortesía le anuncié a Ramona que mientras ajustaba cuentas con el chófer yo me adelantaría a localizar a nuestra invitada y a presentarle las excusas de rigor. No esperé siquiera su respuesta, y entré corriendo al restaurante. Le expliqué en italiano al maître, quien por suerte me comprendió de inmediato, que teníamos reservada una mesa a nombre del señor Vives, hospedado en el Peras Palace, para cuatro personas, y que era posible que nos estuviese esperando desde hacía un buen rato una señora. «¡Claro, claro, desde hace muchísimo rato!», me respondió de un modo que me pareció bastante altanero, y ordenó que un mesero me condujera al lugar. Aunque parezca asombroso, pero debo decir que con ella uno siempre se encontraba ante lo inusitado, allí seguía sentada la ya para este momento multicitada Marietta Karapetiz. Me es difícil describir mi primera impresión. Me asustó casi. Su cara era la de un tucán; pero esa visión se desvaneció al instante, porque fuera de la nariz no tenía ninguno de los atributos que uno atribuye a esas alegres aves tropicales. Era más bien un cuervo gigantesco con la nariz prominente, eso sí, de un tucán, y al mismo tiempo se revelaba como una maciza caja de seguridad. No, de nuevo les pido no se apresuren a avanzar sus propias versiones, no se podía decir que la viuda de Karapetiz fuera gorda, sino un tanto compacta, hermética, más bien cuadrada de hombros; la reconcentración de la carne, diría yo, aprisionada por un brillante vestido de moiré negro. No tengo empacho en volver a repetirlo, me produjo miedo. Estaba rodeada por una orquesta de gitanos. El arco del primer violinista casi le acariciaba la cabellera, furiosamente negra. Ella tarareaba, con aire ausente y sombrío, una canción. Me acerqué con paso no muy decidido a la mesa. Me miró con tal desinterés que fue como si no me viera. Llegué a su lado y le tendí la mano. Me detuvo en seco con un ademán severo, militar; subió el tono de voz y siguió cantando. Al terminar la pieza despidió a los músicos con una sonrisa inmensa aunque un tanto melancólica y unas cuantas palabras en turco. No había entre ellos ninguna familiaridad. Todo lo contrario; se comportaba como una gran señora, una figura matriarcal, condescendiente, generosa, sin dejar, eso sí, de ser altanera. Se volvió hacia mí, y con extrema dureza me indicó que la mesa estaba ocupada, que no aceptaba compañía. «¡Fuera aquí! ¡Largo!», me gritó en inglés. Es posible que pensara que deseaba propasarme con ella. De ser así, eso explicaría muchas de las cosas que ocurrieron después. ¿La había yo asustado, a pesar de ser una mujer que había pasado la vida entera recorriendo el mundo? No estoy muy seguro. Lo cierto es que pocas veces he topado con un recibimiento tan hostil. Por fortuna, en esos momentos llegó Ramona. Recorrió el tramo de la puerta a nuestra mesa trastabillando con cara de susto, movía la boca desaforadamente, parecía hablar sola aunque sin emitir sonidos. Me imaginé el mal momento que habría pasado con el chófer. ¡A saber qué fortuna le habría arrancado por pasearnos durante hora y media contra nuestra voluntad por los peores barrios de Estambul!

Pero estaba decidido a no sentirme culpable, a no dejarme chantajear por sus teatrales aspavientos. ¿Me habían invitado a conocer Turquía o de qué se trataba? Los Vives, ya había podido darme cuenta, eran un par de hermanitos caprichosos, jactanciosos y sumamente olvidadizos. Ya me encargaré de convertirme en su memoria, me dije. En fin, sin permitirme tomar la palabra, Ramona comenzó atropelladamente a explicarle a aquella autócrata quiénes éramos. Con un gesto marcial, igual al empleado para impedir acercármele, nos señaló dos asientos, y siguió tarareando, ya sin músicos, la misma canción que había cantado. Sus palabras primeras, cuando al fin decidió que había llegado el momento de iniciar el diálogo, no pudieron ser más antipáticas: «¡Vaya, vaya! ¡Mexicanos! Conozo su país, me imagino que de esto estarán enterados... ¡México lindo y querido, si muero lejos de ti...! ¡Conozco a mi gente! ¡Mañana, mañana, sólo mañana! ¡No hagas hoy lo que puedas dejar para el Milenio próximo! ¡Pensar que estuve a punto de volverme mexicana! Tuve sólo un instante de duda. Me querían convertir en una charrita de los meros Altos de Jalisco, pero no fue posible, ya estaba yo casada; he sido siempre fiel, lo soy por naturaleza. No me arrepiento, nada de eso, decidí conformarme con ser durante una breve temporada no una arrogante charra adscrita al multitudinario harén de una lasciva garrapata, sino una dulce y humilde chilanguita, una señora de su casa avecindada en la céntrica calle de la Palma, número noventa y cinco, departamento siete. ¡Doy gracias a la santa y muy milagrosa virgencita de los Remedios, y al Santo Niño de Chalma, y, desde luego y por encima de todas las cosas, a nuestra madre Tonantzin, la por antonomasia virgen, la morenita, la guadalupana Emperatriz de América, de haberme librado de reducirme al mañana y al año próximo, patroncitos, y de haber mantenido contra viento y marea mi creencia en el modesto presente, el hoy nuestro de cada día! ¡Olé torero!» No pude sino preguntarme si estábamos ante una trastornada, o si ya para esa hora la maestra estaría ahogada de borracha. Ramona Vives, muy apenada por la estrafalaria recepción, comenzó con la voz atiplada, monótona y sumisa propia de las niñas del Sagrado Corazón, a explicar desde el principio lo ocurrido, el malestar de Rodrigo desde el momento de llegar a la estación, su súbita gravedad unas horas después, el interés sin límites que tenía de saludarla, verla, oírla; le faltó decir: olerla. Quería consultar con ella, añadió, ciertos papeles que para sus estudios consideraba fundamentales. «Usted es el verdadero objetivo de nuestro viaje, querida profesora, nuestro principio y nuestro fin. No puede imaginarse la devoción, no, ¡qué digo!, el fervor de mi hermano por la obra de su marido y por la personalidad de usted. ¡Algo que no tiene parangón! Sí, Marietta», comenzó a llamarla confianzudamente por su nombre de pila, ¡si es que aquél era su nombre de pila!, «Rodrigo nos ha hablado mucho de usted, de sus ensayos, de sus conferencias».

—Una situación bastante divertida, al parecer —comentó Salvador Millares.

—¿Se lo parece a usted? —preguntó De la Estrella con su voz más pedante—. Quizá desde lejos, desde afuera, pueda considerársela divertida, pero yo le aseguro que vivirla en carne propia no lo fue. Mientras Ramona repetía y magnificaba en la forma más alambicada todos los elogios que Rodrigo había expresado sobre Marietta y Aram Karapetiz, y añadía algunos de su cosecha, la otra la miraba con atención, sopesando cada palabra, midiendo sus alcances, mientras al mismo tiempo escudriñaba con ojo

rapaz de prestamista el atavío y las joyitas de la joven
Vives; comenzó a acariciar un broche de plata con algunas incrustaciones azules, tal vez de lapislázuli, y preguntó si aquella hermosa pieza era mexicana. No recuerdo con
exactitud qué le respondió Ramona, me parece que explicó que el broche era egipcio, que se lo había comprado a
un anticuario de Nueva York, no estoy seguro, lo que sí
me consta es que tan pronto como Marietta Karapetiz re-
tiró la mano, Ramona se quitó del pecho la prenda y la
colocó en uno de los extremos superiores de aquel vestido
que hacía parecer a su propietaria como una inexpugna-
ble caja fuerte. La célebre humanista aceptó el regalo con
desvergüenza inconcebible. No opuso, ni siquiera por guar-
dar las formas más elementales, la menor resistencia. Lo
aceptó como un tributo que ni siquiera parecía satisfacer-
la demasiado. Sacó un espejo de su bolsa de mano y estudió con frialdad la situación del broche. Lo cambió varias
veces de posición para que hiciera juego con sus collares
de pesadas bolas de plata. Al fin decidió cuál era el sitio
adecuado. Hasta en la forma de dar las gracias apareció
su peculiar chocarrería: «Mil gracias te doy, Santísima Señora del Oponoxtle, por no desampararme en este día que
tan aciago se presentaba.»
    —¡Y dice usted que no tenía gracia esa mujer! —lo
interrumpió el padre de Millares. De la Estrella lo miró
de mala gana, pero el viejo no se inmutó—. A mi parecer, una mujer que espera en un restaurante más de hora
y media y todavía se siente con ganas de bromear vale más
que una mina de plata.
    —¡Apariencias! ¡Fachada! Si la hubiera conocido mejor
se guardaría usted esos comentarios, que, me permito de-
círselo, me gustan cada vez menos por encontrarles un parecido bastante sospechoso con ciertos diálogos zarzuele-

86

ros de intención burlona. Las mofas, quiero aclararle, para un hombre que como yo ha alcanzado desde hace mucho tiempo, tal vez presionado por la fuerza de las circunstancias que han regido su vida, pero alcanzando al fin y al cabo, la madurez necesaria, no llegan a tocarme.

—¡Hombre! ¡Vamos, yo...!

—Sí, señor, dejémoslo ahí. También yo creía que el mal momento inicial había pasado, que el hielo estaba roto, y aproveché la ocasión para presentarme como Dios manda y entregarle mi tarjeta de visita. La leyó a media voz, luego repitió en voz alta, escanciando cada una de las sílabas: «Dante C. de la Estrella, doctor en derecho, Via Vittoria 36, Roma.» No había obtenido aún el título de doctor, bueno, no lo obtuve nunca, ¿por qué no decirlo? ¿Es acaso un delito? Pero no me parecía grave que la tarjeta me presentara como tal, pues en aquella época estaba seguro de que acabar el doctorado sería cosa de unos cuantos meses más. No fue así. Tuve que apresurar mi regreso a México, por causas que no vienen al caso, pero que tampoco tengo por qué ocultar. Me casé. Para nadie es un secreto, se trató de una boda forzada. La viuda de Karapetiz con la tarjeta aún en la mano me examinó con desprecio apenas disimulado, esbozó algo parecido a la sonrisa que podría ostentar una víbora, y al fin me preguntó: «¿Se trata de un pseudónimo?», para añadir con igual tonito de befa antes de que yo pudiera responderle: «¿Qué enigma se oculta tras la letra C?» Me quedé estupefacto, con el habla perdida ante la gratuidad de aquel inesperado ataque. A todo el mundo le había insinuado que aquella C era la abreviatura de César, el nombre de mi abuelo materno. Nunca me ha gustado mi segundo nombre, jamás lo uso. Aquella C fue estampada por un error de mi amigo, el del Consulado mexicano, quien dio el nombre al impresor tal y como aparecía en mi pasaporte, todo porque quería obsequiarme esas tarjetas el día de mi cumpleaños. Quise ignorar la insidiosa pregunta, comencé a recalcar mi firme fe en la puntualidad, contarle los sobresaltos que experimentamos en el taxi, pero ella me retrotrajo a su interrogatorio con un aire despiadado, de fiscal: «¿Se trata entonces de un pseudónimo, don Dante?» Denegué, atolondradamente, con la cabeza; quise volver a la historia del taxi, pero ahí estaba ya, acerada, implacable, la temida pregunta: «¿Y la C? Esa preciosa y querida letrita C, ¿qué significa? ¿Acaso implica esa inicial el nombre de nuestro Salvador? Todo puede ocurrir en estos días, aunque me parecería ya un poco excesivo, ¿no le parece?» Iba a contestarle con un sofión tajante. En aquella época de vigorosa juventud algunas respuestas me resultaban más efectivas que un gancho al hígado, cuando Ramona Vives se me adelantó con su odiosa voz de escolapia de colegio de monjas: «No, Marietta, por raro que te pueda parecer, no se trata de un pseudónimo. Dante es su nombre verdadero. Y la C que con tanta razón te intriga es la inicial de Ciriaco.» Ahí sí que me quedé petrificado. ¿Cómo podía saberlo? Por su hermano, desde luego, pero aun así, ¿cómo, dónde, cuándo se había enterado Rodrigo Vives de que mi segundo nombre era Ciriaco? El madrazo que me asestaron fue tan demoledor que por un instante paralizó la energía de todas y cada una de mis células. Quien habla de haber experimentado la muerte clínica debe conocer una sensación semejante a la que viví en ese momento. Fue un milagro que no rodara al suelo. Me había pasado la vida entera ocultando ese nombre y resultaba tan del dominio público que una mujer conocida apenas el día anterior lo proclamaba a gritos en un local nocturno de Estambul. Pensé en las groseras bromas que habrían hecho a mi costa mis compañeros de cursos, y las recientes con las que Rodrigo me habría vilipendiado ante Ramona en su compartimento de lujo: «Mira, fratellita, el fulano que se nos agregó en Venecia, no sólo se llama Dante, sino que aniquila ese nombre glorioso con otro en extremo ridículo. ¿Sabes cuál es un segundo nombre? ¡Ciriaco! ¡Dante Ciriaco! ¿Cómo te suena?» Y se habrían echado a reír a carcajadas. Me ardía la cara, me retumbaban las sienes, el corazón se me había desbocado. Di prueba de una fortaleza de carácter que ni siquiera yo mismo sospechaba, así que no sólo no rodé por el suelo en medio de convulsiones, sino que me di el lujo de atravesar el puente con la frente en alto, y de terminar la explicación iniciada sobre nuestras dificultades con el taxista. «De saber que Rodrigo había elegido un restaurante tan lejos de la ciudad», observé, «hubiésemos pasado por usted para llegar todos juntos. Así, en el caso de haber tenido que esperarnos, lo habría hecho en su casa con todas las comodidades necesarias». No sé si pensó que quería echarles una pullita a los Vives por su desatención, lo cierto es que me respondió ya no sólo con burla sino con manifiesta grosería, que ella había elegido el lugar, y no Rodrigo, siempre atento, siempre caballero, tan estudioso, tan sabio, tan semejante en sus hábitos al doctor Karapetiz «que es el mayor elogio que me permito tributar a una persona viva», y la razón de haber seleccionado ese lugar era precisamente por quedar a un paso de su casa. Comenzó a declamar a voz en cuello, sin que a nadie le importaran esas confidencias, que no toleraba las ciudades, ni las grandes, ni las chicas, ni las medianas. Ella era Naturaleza pura. Necesitaba el mar, el cielo y las montañas. También los ríos y la selva. Y allí tenía el mar a un tiro de pedrada. Podía verlo, olfatearlo, sentir sus efectos en la piel, sorberlo por los poros.

«Cuando mi marido enfermó logré convencerlo de que debíamos instalarnos aquí. Su mal no tenía remedio, y lo sabía. ¿Tenía caso vivir en Ankara, donde lo único que nos interesaba era la Universidad, a la que ya no podía asistir? Aquí tendríamos no sólo los médicos, sino también el mar. Vivo a un paso de este lugarcito adonde vengo a menudo a comer y a libar. De saber que llegarían tan tarde me habría sumergido en la bañera a remojarme una hora en leche de camella, el mejor remedio para suavizar el cutis y endurecer las vísceras.» Le encantaba salir con sandeces como ésa, dignas de un payaso de la legua, que ella pretendía hacer pasar por gracejos culteranos. Por fortuna, algo le llamó la atención en el vestido de Ramona. Comenzó a palpar la tela de las mangas, a preguntar no sé qué sobre las costuras. Hizo que mi compañera se levantara, que diera unos cuantos pasos para un lado, para el otro, a ver cómo le caía la falda por detrás. Sólo en ese momento, cuando me sentí fuera del foco de atención de Marietta Karapetiz, pude echar una mirada en derredor mío, y advertí que el local era mucho más elegante de lo que había supuesto. La mayor parte de las mujeres vestía traje de noche, y yo con mi camisola y mis pantalones de dril era el único comensal que daba la nota de informalidad al conjunto, lo que siempre tiende a hacerle pasar a uno un buen sofocón. Si hay alguien vulnerable es un roto en casa de catrines. Me sentí el payo del lugar, lo que intensificó aún más mi disgusto ante aquel par de emperifolladas mujerucas. Pedí permiso para ausentarme un instante. ¡Ni se enteraron! Fui al baño; me detuve en la barra para comprar cigarrillos, eché una mirada a la concurrencia, pues necesitaba huir del aire acedo de nuestra mesa, oxigenar un poco mis pulmones. Cuando volví, Ramona exponía, para variar, el momento difícil que vivía, la angustia existencial que le producía no decidir aún el tema de su tesis. Contó cómo en su horizonte cultural había surgido la noche anterior, mientras cenaba en el Orient-Express, la noción de la antropología como gran auxiliadora del conocimiento literario. Marietta Karapetiz la oía no sólo con paciencia sino con atención, aunque no debía de ser excesiva, pues en la primera pausa que hizo mi compatriota, asintió con la cabeza y en vez de contribuir al tema, como hubiera sido lo lógico, preguntó volublemente qué habíamos visto esa mañana en Estambul. «Muy poco», dijimos al unísono, y comenzamos a hablar a la vez. La mujer perdió la paciencia. Levantó un brazo; el derecho, me parece, tendió la palma de la mano hacia nosotros y nos impuso silencio. Hizo, sin que se la solicitáramos, una amplia descripción de la ciudad, de su legado histórico, habló de los fragmentos aún existentes de sus murallas, de las iglesias cristianas y de las mezquitas, del cruce de distintas culturas, lenguas, religiones, de la extrema complejidad étnica. No estaba yo preparado, por eso me sorprendió la calidad y amenidad de su exposición. Cuando me di cuenta, estaba embelesado escuchándola. ¿Habría realmente alguna grandeza en sus palabras? Tal vez sólo me lo pareció entonces. Yo era muy joven, muy inexperto en múltiples aspectos y podía confundir truculencia con calidad oratoria. Me permití comentar en una pausa que al ver a la gente en aquel restaurante sentía estar en algún buen sitio de México. «Sí, señor», me respondió con tersura, «ha observado usted muy bien, hay más de un punto común entre los dos países.» ¿Se dan ustedes cuenta? Por primera vez se avenía a reconocer que algo dicho por mí podía contener un ápice de razón. «Casi todos los tipos humanos que se encuentran aquí podrían hallarse en mi multifacético y adorado México. Pero hay también semejanzas más sutiles entre ambos mundos, más recónditas, que sólo un ingenio hipersensible, y no me imaginaba que el suyo lo fuera, sabría captar», y a continuación añadió algo que me dejó desconcertado: «Hace ya varios siglos, Constantino Porfiriogeneta reveló que sólo cuando la mierda, que al fin y al cabo es fuego, rompa su pacto con el diablo, podrá volverse nutricia, soplo fecundante.» Creí haber comprendido mal una palabra, no necesito explicar cuál, y osé preguntarle: «¿Me podría decir, profesora, qué es lo que era fuego para el personaje que ha usted mencionado?» Y ella, con la mayor tranquilidad del mundo, mientras levantaba frente a mí su copa de vino, la acercaba a sus labios y la lamía más que beber en ella, me respondió, golosamente, que la mierda. «La mierda», volvió a repetir, paladeando cada sílaba, «al liberarse de su pacto diabólico acabaría, según él, por convertirse en elemento nutricio, en soplo fecundante». ¡Podrán imaginarse mi perplejidad! ¿Cómo debía tomar aquello? Pensaba que la estancia en Roma me había transformado en un hombre de mundo al que nada podía ya sorprender. En ese momento sentí que me separaba una distancia de varios siglos luz de tal meta. Para disimular mi desconcierto, levanté también mi copa y sorbí de un trago todo su contenido. Dirigí la mirada a Ramona como en busca de auxilio. ¿Estaría yo sufriendo una alucinación auditiva? ¿Inventaba voces? ¿Qué había oído, en cambio, la mojigata señorita Vives? Por lo visto no lo mismo que yo, pues con toda serenidad, casi podría decir que sensualmente, introducía en su boca un largo y gordo espárrago con sus finos deditos sin compartir en nada mi desasosiego. Para salir del paso, no se me ocurrió sino hacer girar el timón. Comenté con fingido desparpajo que aún no nos había dicho nada sobre los momentos, iba a decir sublimes, pero me detuve a tiempo porque el calificativo me pareció inapropiado, que había vivido en México. Le pedí que nos considerara tan dignos de escucharla como a Rodrigo Vives, quien, nos lo había dicho, disfrutaba una enormidad con sus memorias. Sabíamos por él que uno de sus viajes había coincidido con algún acontecimiento revolucionario que dificultó las investigaciones de su marido, y por mero capricho del momento, sin reflexionar, sólo por animar la conversación, porque en el fondo me importaba un bledo, le pregunté si habían viajado a México desde Estambul. ¿Se habían embarcado allí mismo? «¿Y por qué en Estambul?», me saltó como una gata montesa. «¿De dónde sacó usted idea tan peregrina? No vivíamos aquí; ni siquiera hubiera podido imaginar en aquel entonces que algún día tendría que encallar en este arrecife.» «Por favor no se altere», le repliqué, «me imagino que si uno es turco, lo lógico resultaría embarcar en un puerto turco, ¿no le parece, querida?»

Dante de la Estrella dirigió la vista a su auditorio, y preguntó si alguno de los presentes consideraba como una anomalía su pregunta.

—No, la verdad que no —respondió Amelia Millares bastante perdida.

—Si uno conoce en Turquía a una persona, la oye hablar la lengua del país, por el aspecto resulta igual a los aborígenes, lo más lógico será pensar que esa persona es turca, ¿no creen?

Hubo un silencio, sólo interrumpido por una especie de carraspeo de don Antonio Millares, con el que parecía asentir vagamente a las aseveraciones del huésped. De la Estrella pareció poco satisfecho con la respuesta. Miró inquisitivamente a los demás en busca de algo más contundente. Al no recibirlo, insistió con voz destemplada:

—¿Tenía yo o no tenía razón?

—Dicen que no hay nadie que no termine por encontrar —exclamó con regocijo Salvador Millares—, aunque sea una sola vez en la vida, la horma de sus zapatos. Y usted, por lo visto, fue a encontrarla con esa turca apocalíptica.

—¿Quién dijo eso de la horma?

—Me parece que Goethe.

—Perdone, pero ni usted ni Goethe saben lo que están diciendo. No se trató de una experiencia baldía. Descubrí muchas cosas, entre otras mi vocación de polemista. ¡Qué lección monumental, aquélla! Si alguien me pregunta de qué fuente profunda brotó la serie de ensayos que publiqué años después en la revista *Todo,* podría responder que no se hallaba en la Universidad, ni en el tiempo de mi estancia en Roma, sino que la descubrí durante el par de días que permanecí en la capital turca. Debo recordarles que estamos aún en la noche de aquel interminable primer día. Habrán advertido ya por mi relato que Marietta Karapetiz era una especialista muy fina en descolones, pero en esa ocasión se extralimitó, ¡y de qué manera! «¡Turca!», gritó, frunciendo la cara, cerrando los ojos como un mono iracundo, con espanto, con desprecio. Al abrirlos, se me quedó mirando como si fuera yo una rata, una cucaracha, un insecto repelente. Aquella mirada me puso tan nervioso que las manos me comenzaron a temblar, y apenas pude atinar a servirme un poco más de vino. «La gente se acerca a mí», comenzó a decir al fin, «me revelan sus nombres si quieren, pues no es una obligación que yo le imponga a nadie, no me importa demasiado que esos nombres tengan cierta dignidad o que sean, y no es mi deseo agraviar a los presentes, sencillamente grotescos; me cuentan de dónde vienen, hablan porque les da la gana, yo jamás los interrogo. No me interesa saber si nacieron sepa el diablo en qué calle o en una zanja pestilente al lado de un camino. No son asuntos míos, ni de nadie, salvo del propio interesado. ¿Le he preguntado, acaso, su nacionalidad? Usted me dijo que era mexicano. Muy bien, lo creo, me ajusto a su palabra. No lo someto a interrogatorios, no se corresponde eso con mi personalidad. ¡Nadie hasta la fecha me ha llamado María Inquisición! Recibí una educación correcta, limpia, y la mantengo sin mayores esfuerzos. ¡Turca, española, griega de Alejandría, circasiana, paraguaya! Elija usted la nacionalidad que le dicte su fantasía ya que tanto le intriga. ¿Quiere que sea asiria? ¡No, señor, no voy a permitírselo! No me ubique mal, y ándese con mucho cuidado, tengo quien me defienda», hablaba con una excitación, con una furia que hubiera podido meterle miedo al diablo. «Tampoco soy fenicia. Métaselo bien en la cabeza. A nadie he dado pie para que me califique como tal. Otros podrán serlo, no yo.» Un soplo tan venenoso impulsaba sus palabras que me parecía ver frente a mí no digo ya a una cobra, sino a un pitón enfurecido. Para esos momentos no eran los nervios los que me hacían temblar las manos. El temor me había desaparecido. Si me estremecía era de ira. ¿¡Cómo se atrevía a insultarme de tal modo aquella mujerzuela enloquecida!? Estuve a punto de armar un escándalo, de arrojarle el contenido de mi copa a la cara, de insultarla soezmente como se merecía y salir del local. Una idea salvadora me contuvo. Tal comportamiento hubiera equivalido a rebajarme a su lugar, a compartir con ella su indignidad. En ese momento se me reveló su condición con deslumbrante nitidez: estaba sentado no sólo frente a una pobre mentecata, sino por encima de todo, y eso fue lo que en definitiva la descalificaba ante mis ojos, frente

95

a una mujer indigna. Si una señora, pensé, se tiene un mínimo de respeto, no se queda esperando hora y media sola en un restaurante, entreteniéndose en cantar a toda voz con los músicos locales, por más que jure que el hecho de haber sido una humilde vecina de la calle de la Palma número noventa y cinco departamento siete, la hubiese acostumbrado a la impuntualidad mexicana. Una verdadera dama habría regresado furiosa y ofendida a su casa a esperar al día siguiente un gran ramo de flores y las excusas de quienes la habían dejado plantada. Ya entonces decidiría si las aceptaba o las consideraba inválidas, ése era su problema. En eso consistía ser una señora y no una demente nacida «sepa el diablo en qué zanja pestilente al lado de qué camino». Con toda seguridad llegó a la mesa, le habría entrado al alcohol con cierto desenfreno, se habría atiborrado de bocadillos, y luego sucumbió ante el pánico de tener que pagar lo consumido. ¡Mejor esperar hasta el cierre del local, a ver si un milagro se produce antes que abrir la cartera y pagar como Dios manda! ¡Conozco a la caterva inmunda que forma esa legión! La veía yo deglutir su pavo con ojos iracundos. La mesa se había llenado de platones, platos y platitos colmados de delicias: purés de berenjena, de garbanzo, quesos de distintas especies, esturión, caviar de dos colores, legumbres en salsas de mostaza y de crema agria, ramos de yerbas olorosas, pistachos, piñones, almendras. Ella comía su pavo, pero picaba a la vez en todo lo demás. Se extendía sobre la mesa, olfateaba cada platillo, aun los nuestros, extendía los brazos como si quisiera abarcarlo todo. En esos momentos había dejado de ser un tucán o un cuervo y se había convertido en una zarigüeya, un voraz oso hormiguero cuya enorme nariz estuviera siempre a punto de sumergirse en las salseras. Olía y comía, sin dejar de hablar. Se habrán ya dado cuenta de que era una charlatana incorregible. Abandonó de pronto aquel discurso absurdo con que trataba de amedrentarme para hacer algún comentario sobre los zapatos color sandía que calzaba Ramona. En un abrir y cerrar de ojos ambas mujeres sacaron los pies de debajo de la mesa y comenzaron a mostrárselos. Los zapatos de Ramona Vives parecían haber sido hechos con algún material innoble, una especie de cartón recubierto de plástico, cuyo estridente color los abarataba aún más; los de Marietta Karapetiz eran de piel de serpiente, oscuros, con efectos tornasolados, y, como todo lo que llevaba, parecía de buen diseño. ¡Al César lo que es del César!, me dije, sin pensar que muy bien había podido pedirlos en préstamo en alguna zapatería. Conozco señoras que sacan de las tiendas los vestidos, a vistas, o que se los hacen prestar por alguna vecina rica para asistir a una boda, al teatro, a cenar fuera de casa. Ambas parecían reblandecerse bajo los efectos de su frivolidad, decían que si las puntas, que si los tacones, que si la curva del empeine. Una dijo que tenía unas botitas con unos botones de cerámica que eran un verdadero primor, la otra habló de un par asombroso de zapatillas cuyos tacones transparentes parecían de auténtico cristal de roca, con unas mariposas de alas de opalina en las puntas; ambas hicieron elogios desmesurados de la moda italiana, y de la francesa, y del calzado español, con sus gamuzas y fieltros de primera, y emitían gemiditos y suspiraban, movían los pies y los ojos como rehiletes mientras seguían devorando las viandas con voracidad inaudita. Yo estaba y no estaba allí. Las oía sin verlas del todo. Me fui serenando en esa tregua, relajando; volví a tomar los cubiertos y empecé a comer el pavo que apenas había probado y a seguir degustando un vino fuerte y aromático ordenado por Marietta

Karapetiz, que era una delicia. A decir verdad, no sé si
por un instante me medio adormecí o sólo me evadí de la
conversación para salvar mi alma. Lo cierto es que cuando volví a oír a aquella cotorra irrefrenable hablaba de
unas conferencias que todos los inviernos impartía, desde
hacía cuatro o cinco años, en universidades norteamerica-
nas. ¡Otra transformación! Me hallaba yo sentado frente
a la doctora Jekyll-Karapetiz; solemne, severa, hasta la
mirada parecía habérsele transformado. Tuve, en el momento de salir de mi letargo, la sensación de estar escu-
chando las prédicas de una misionera evangelista. En los
últimos tiempos, declaró, había decidido hablar casi exclu-
sivamente de Gogol. Proclamaba conocer casi todo lo que
de alguna importancia se había escrito o dicho sobre aquel
escritor, y haber descubierto por su cuenta una que otra
cosita novedosa. Cuando recuerdo la seriedad con que hacía tales declaraciones no sé si echarme a reír o ponerme a llorar. Comentó que días atrás acababa de corregir
las pruebas del libro que estaba por aparecer en las Pren-
sas Universitarias de Francia. Pronto la publicaría también
la editorial de una Universidad americana. Afirmaba trabajar como una leona, y decidió ignorarme. No tenía oídos
sino para sí misma. Al terminar ese verano, leería una
ponencia, algo muy simple, decía, una crónica sencilla
sobre la muerte de Nikolai Vasilievich, en una reunión
internacional de eslavistas que tendría lugar en Verona.
Un tema que se prestaba para desplegar toda la imaginación y la fantasía de que se pudiera echar mano, puesto
que la escena parecía desprendida de su propia obra, en
especial de los primeros cuentos, donde la actuación de
Satán y su progenie aborrecible jugaba un papel fundamental, cuentos que algunos estudiosos, sobre todo el incisivo
Nabokov, veían con menosprecio, como meros ejercicios

de aprendizaje, juegos para soltar la mano, en tanto que ella consideraba que ya en esos relatos ucranianos se hallaba no sólo el germen del autor prodigioso que escribiría años más tarde *Las almas muertas,* sino que se trataba en sí de pequeñas obras maestras, indispensables para entender el espíritu que animaba la obra entera del escritor. Sí, desde que comencé a oír ese discurso comprendí que en aquella mujer convivían varias personalidades, la del doctor Jekyll, la del señor Hyde, la de Marietta Karapetiz y quién sabe cuántas otras más. Cada una de las criaturas que la habitaba hablaba un idioma diferente, se comportaba de un modo distinto, sus gestos y modales eran otros. En esos momentos, todo en ella era estricto, medido, profesional. Señaló que quien quisiera adentrarse en aquella obra tan rica debía detenerse en un texto a menudo menospreciado por los estudiosos, discutido hasta la saciedad, siempre en base a pistas equivocadas. «Terratenientes de antaño» era el título. Ya en vida del autor los críticos se hallaban radicalmente divididos en el enjuiciamiento de ese relato. Los eternos inconformes, esa raza para siempre maldita, buenos sólo para perturbar el orden, lanzaron contra Gogol todo el fango en que su alma chapoteaba. ¿Qué les irritaba, y los enloquecía de furia, en ese texto que cualquier lector sencillo podía considerar como una inocente viñeta de la vida rural? ¿Por qué razón sus belfos se cubrían de espuma? Por algo muy simple. Acusaban al autor de haberse convertido en un defensor acérrimo de las costumbres feudales, incluido el régimen de servidumbre de la gleba, por el mero hecho de describir la vida cotidiana de un matrimonio anciano, sus juegos caseros, sus plácidas costumbres, las inocentes bromas con que se entretenían para llenar el tiempo. La gente de orden que también a veces, debo reconocerlo, suele cegarse, acusó a

Gogol de lo contrario, de denostar a los propietarios de las fincas a través de esa pareja senil. Una befa constante, aducían, una burla implacable contra los valores asentados por la tradición. Consideraron que era insultante para los señores rurales verse encarnados en aquel par de viejos papanatas. Para ellos, el cuento se reducía sólo a eso. Las lagunas de la maestra Jekyll-Hyde-Karapetiz eran en algunos aspectos inconcebibles, oceánicas. Casi en ninguno de sus ensayos se refiere a esa polémica que por sí explica toda una época de la cultura rusa. Ella al hablar de «los terratenientes» se perdía en un verdadero galimatías donde meter el diente resultaba a momentos insufrible. ¡Eros!, ¡Thanatos!, ¡la libido como salvación!, ¡la libido como condena! ¡Espumas de la moda, petulancia, farsa pura!

—¿Y no podía tener eso también su interés?

No hubo ninguna respuesta. Como un sonámbulo, Dante C. de la Estrella se dirigió a la mesa de las bebidas. Se preparó otro whisky con soda, lo probó, chasqueó los labios y sacudió la cabeza de un lado a otro, descontento con los resultados. Puso otro hielo en el vaso, volvió a dar un largo trago, al parecer más satisfactorio que el anterior. Al regresar a su asiento, hizo una inspección visual del auditorio. Estuvo a punto de derramar el whisky. Con excepción del arquitecto, quien no leía, sino permanecía con la cabeza echada hacia atrás, los ojos cerrados y una sonrisa desvaída en la boca, balanceando suavemente su mecedora, los demás habían vuelto a sus mezquinas ocupaciones, las cartas, el tejido, el Taj Mahal, la Mezquita Azul. ¿Así que había gastado su tiempo arrojando margaritas a los cerdos? Los moradores de aquella porqueriza sólo se emocionaban cuando descendía uno a sus niveles, inmunes a cualquier emoción que mantuviera una mínima ráfaga de espíritu. Había intentado elevarlos a otro mundo y contemplaba su fracaso. Su atención sólo despertaba ante la proximidad de la baja querella, de los amoríos banales, de los vientres rajados y las heridas no del todo cerradas. En su mente se hizo la penumbra. Caminó con un paso maquinal hacia su asiento y se dejó caer, como lo había hecho antes, en la mitad exacta del sofá. Su cabeza se ladeó aún más, sus ojos vidriosos recorrieron, como queriéndola fulminar, a aquella grey sin posibilidades de redención. Al fin pareció salir del marasmo. ¿Les habían aburrido sus disquisiciones sobre el autor ruso? ¡A quien no quiere caldo, dos tazas!, pareció decirse. Con voz metálica, desagradable, preguntó:

—¿Ha leído alguna vez a Gogol, Millares?

El arquitecto pareció despertar de su feliz ensueño. Se conformó con sonreír burlonamente y mostrarle al licenciado la novela de Simenon que tenía en las manos. Luego, sin añadir palabra, la abrió y se aplicó en su lectura.

Don Antonio Millares comentó que lo había leído, sí, pero de eso hacía mil años.

—Las almas muertas, por supuesto; eso fue lo que leí. Ahora que si me pregunta usted de qué se trata, me resultaría difícil responderle. Recuerdo que el protagonista era un hombre bastante estrafalario que recorría los caminos de la vieja Rusia en busca de muertos que comprar, ¿no es así? ¿Con qué finalidad? De eso no tengo ya la menor idea. Para mi generación, la lectura de los rusos fue casi obligatoria. Me quedé en Andreiev, me parece.

—Y yo en cambio —lo interrumpió con brusquedad Dante de la Estrella con voz triunfante y rencorosa—, lo he leído todo; de principio a fin, no una sino varias veces. ¡Miente quien afirme que lo hice para emular a Marietta Karapetiz! ¡Dios me libre! Jamás fui seguidor ni discípulo suyo. Todo lo contrario. Fui su lector más cuidadoso, eso es cierto, pero también el más exigente. Me convertí, para decirlo rápido, en su juez más implacable, en su verdadero azote. Demostré con agudeza, sustentado en un amplio aparato de erudición, que ella y todo lo que de ella emanaba no era sino un continuo fraude. Cuando llegó el momento leí su libro sobre Gogol, no me perdí sus ensayos posteriores publicados en revistas académicas americanas y canadienses. ¡A ninguno dejé de darle palo! —Soltó una breve risa seca y odiosa—. Sin misericordia, porque en los campos del conocimiento uno debe ser implacable. Demostré con argumentos irrebatibles mil errores subyacentes bajo una prosa que era un mero chisporroteo de naderías, oropel. Sí, señores míos, no sólo he devorado la obra completa del gran Nikolai Vasilievich Gogol, sino también buena parte de lo que sobre ella han publicado en inglés, italiano y español, que no es poca cosa, puedo asegurarlo. Como saben, en una época publiqué de manera sistemática mis artículos. ¿Recuerdan la revista *Todo*? En esa tribuna de amplísimo prestigio me inicié. Una cábala de intrigantes y envidiosos me cerró esa puerta al principio generosa. Sin embargo, no me di por vencido. Seguí publicando mis diatribas en forma de Cartas a la Redacción en distintos periódicos y revistas de la capital, y sobre todo de provincia, que es donde más lee la gente. De todo lo publicado enteré a la interesada. Mucho debieron arderle algunas frases pues jamás me mandó, ya no digo una respuesta en su defensa, sino ni siquiera el más escueto acuse de recibo. —Le dio un trago a su whisky; luego, una vez más desorientado, preguntó—: Pero ¿a cuenta de qué digo esto?

—Nos decía que había cenado en un restaurante en las afueras de Estambul...

—¿Ah, sí? ¿Le parece que me quedé allí? No sé por qué, pero tengo la impresión de haber avanzado mucho más —dijo De la Estrella, resentido.

—¡Hombre! —intervino Don Antonio, siempre conciliador—. Estaba usted en que esa profesora en exceso parlanchina le hablaba, mientras comía, de algunos libros de Gogol que los críticos tienden a menospreciar.

—¡Exactamente! Marietta Karapetiz se lanzó a discursear sobre los primeros relatos de Nikolai Vasilievich Gogol. No aquellos colmados de brujas, diablillos, hechizos, duendes pavorosos, heroísmo desmesurado y sangre de pacotilla, que tampoco se pueden ignorar, sino de sus fantasiosas parodias de la vida cotidiana, «Iván Sponka y su tía», por ejemplo, o «¿Por qué riñeron los dos Ivannes?», pero habló sobre todo de «Terratenientes de antaño». Decía que en esas crónicas, sin tener necesidad de recurrir a la parafernalia satánica de otros cuentos primerizos, ni a esa magia carnavalesca un tanto prefabricada que imprimía a las leyendas ucranianas, surgía ya el elemento sonambúlico, alucinado, el gusto por la desmesura que hacía prever al Gogol posterior, el de las indiscutibles obras maestras.

Hizo otra interrupción, miró a su alrededor, como asustado, como si la memoria le hubiese fallado en ese momento y esperase que un apuntador surgiera de alguna parte para dictarle la continuación del discurso.

—¿Y en qué consistía ese elemento? —preguntó el viejo Millares tratando de desatascarlo.

—Espere, espere por favor, déme una tregua. Le agradezco el interés, pero en la vida, mi amigo, todo tiene una secuencia natural. Permítame recordarle que si la curiosidad mató al gato, la prisa reventó al caballo. ¡Si supiera en qué selva oscura comencé a internarme, en qué precipicios caí, entendería usted, tal vez, el porqué de mi cautela! Sólo mi enteréza, una fuerza de voluntad digna de titanes, logró rescatarme. En aquella charla, Marietta Karapetiz expuso una tesis que reiteró después en muchas ocasiones, lo pude comprobar al leer su libro y algunos de sus artículos, y que constituía el punto de partida de unas elucubraciones tan complicadas en la enunciación como raquíticas en el contenido. ¿Qué elemento detectaba ella como primordial?, me preguntarán con toda la razón del mundo. En aquellos pasajes de vida idílica, ella se obstinaba en descubrir un substrato perverso, bullente de contradicciones, confuso, enraizado en una libido tan poderosa como extraviada. Una sexualidad agudamente despierta y amedrentada al mismo tiempo. Inmersa en un miasma sexual que ella, por experiencia personal, estoy seguro que conocía a la perfección, Marietta Karapetiz, olvidándose del lugar en que estábamos, comenzó a dictar su cátedra. Se subió a una imaginaria plataforma, creo que hasta dejó de comer, y se lanzó a hacer un análisis de los terratenientes de antaño. A mí, a decir verdad, en esa ocasión me dejó apabullado; después, al estudiar esas tesis expuestas con mayor amplitud en su libro, me parecieron tan pretenciosas y absurdas que me decidí a refutarlas por escrito. La rebatí con una energía que, estoy seguro, ella desconocía, acostumbrada como estaba al incienso de sus corifeos, sí, al perpetuo aplauso de los acólitos serviles. Recuerdo ese artículo con especial emoción, pues con él inicié una labor de años, interrumpida sólo en los últimos tiempos, como escritor. No conocen ustedes ese relato, lo he comprendido, por lo que me permitiré sintetizarlo en unas cuantas palabras. Deben imaginar a un viejo matrimonio, ya más cerca del Más Allá que de este mundo: Afanasi Ivanovich y Puljeria Ivanova. Viven desconectados del mundo que los rodea, ajenos a todo lo que se mueve en torno a ellos. Su única ocupación consiste en comer de sol a sol. En casa de estos benditos viejos se sirve cada hora o cada dos horas una comida, incluso en la noche. Su casa es su fortaleza. Aquella pareja no disfruta, ni siquiera repara en sus posesiones. Se quedarían mudos de sorpresa si alguien llegara a preguntarles qué representa el óleo que cuelga en el costado izquierdo de la ventana del salón, qué los otros dos pequeños que adornan las paredes del comedor. Nunca se han detenido a contemplarlos. Los cuadros para ellos son algo así como una serie de cagarrutitas de mosca fijadas en las paredes entre las que viven. Lo único que les importa son las ocho o nueve comidas que engullen y digieren durante el día. «El simulacro de vida que se representa en ese ámbito incorporador y excrementicio», escribió por cierto la Karapetiz, «tenía que ser por fuerza yerto e insípido». Puljeria Ivanovna ama, además de a su marido, a una gata fina que la acompaña y que durante sus labores permanece echada a sus pies como un ovillo. Una noche, el animal se harta de ese exceso de seguridad y se lanza a descubrir placeres más ásperos, más afines a su naturaleza felina, uniéndose a una banda de gatos salvajes, fieras verdaderas, que merodeaban en los bosques cercanos. Se escapa por el mero deseo de paladear la experiencia bárbara de vivir en la selva. Su propietaria no la echó de menos en demasía. Y un día, tiempo después, cuando la creía olvidada, la descubrió en las inmediaciones del jardín, convertida en una bestezuela hambrienta, hirsuta y desconfiada. La vieja le seduce con manjares para hacerla regresar a casa. Tiene la impresión de que la gata reconoce su antiguo hogar; es más, de que al trasponer el quicio de la puerta ha vuelto a sentir que ése es el sitio que de verdad

105

le corresponde. Devora con avidez los platos que le sirven en la cocina. Su domesticidad es pura ficción. Tan pronto como sacia el apetito vuelve a escapar al bosque para incorporarse a la horda violenta a la que ya pertenece. Una vaharada salvaje se ha introducido de golpe en aquel santuario sepulcral. Un agrio tufo a vísceras ha violado el recinto de donde la vida había escapado hacía mucho tiempo. Para Puljeria Ivanovna, el golpe resulta definitivo. Considera como un presagio fúnebre la visita y la fuga ulterior de su antigua compañera, el anuncio inequívoco de una muerte cercana. Y, en efecto, como sostenía Marietta Karapetiz, sin que medie por parte del autor ninguna explicación racional que ilumine ese hecho, no tarda en llegar la parca a destruir el oasis donde aquella pareja de muertos jugaba día con día a estar vivos. Un caso claro del triunfo de Eros sobre la muerte.

—¡Licenciado, que se aprendió usted la lección de memoria! —exclamó Amelia.

Dante de la Estrella se la quedó mirando con una mezcla de repulsión y perplejidad, recorrió luego con la mirada a todos los presentes, con un aire consternado, como si saliera de un trance. Extrajo de su bolsillo un pañuelo muy arrugado y se lo pasó por la cara cada vez más enrojecida.

—¿Volvió la gata a vivir con el viejo una vez que despacharon a la esposa? —preguntó Juan Ramón.

—Es imposible, muchacho, que puedas comprender, a tu edad, que la vida no es un juego. No, no lo es. Tardé diez años en refutar aquella tesis y su tan elemental simbolismo erótico —dijo Dante de la Estrella con una voz nueva, aterciopelada, casi soñadora, frunciendo la boca al hablar, hasta formar con ella un orificio semejante a un culo de gallina—. Titulé mi artículo «¿Cree acaso el león

106

que todos son de su condición?». Aquella noche, sin embargo, me hubiera resultado imposible exponer cualquier punto de vista. Era la primera vez que oía hablar del autor ruso que enardecía a la oradora. Una década de arduos estudios me llevó dominar el tema. Me empapé de Gogol, estudié su bibliografía. A través de la Secretaría, comencé a localizar y a adquirir una serie de libros y suscripciones a revistas sin gastar un centavo. Debía comenzar desde cero. ¡Vaya reto! Me llevó tiempo, pero salí victorioso. No me pagaron nada, pero tampoco me cobraron por publicar el artículo, lo que ya en sí para mí constituyó un triunfo. Ahí, en ese texto primerizo, expuse mi tesis de que Gogol había concebido desde un comienzo su literatura como arma para lograr una regeneración nacional. Al abandonar las vías tradicionales de la narración logró adelantarse en siglos a su época. Echó mano de un mundo esperpéntico, de las pesadillas más incoherentes, de las máscaras y de toda forma de excentricidad como un mero señuelo para transmitir un mensaje, no tanto evangélico, como, a veces, en su ingenua confusión creía él, sino ceñido a los principios de una moral práctica. El mundo idílico de los terratenientes de antaño estaba condenado a desaparecer, no por motivos sociales o políticos, como querían los intransigentes liberales; tampoco podía continuar por los siglos de los siglos siendo igual a sí mismo, como anhelaban los apóstoles de la tradición. El problema era diferente, y para sus contemporáneos no era fácil captar todas sus proyecciones. El pecado de Afanasi Ivanovich y de Puljeria Ivanovna estriba para mí en su prodigalidad absurda, y dispendiosa, en una incapacidad visceral para prever la sanidad económica, el ahorro. Mentes tan irresponsables como ésas hacen imposible defender la esencia de la propiedad, interrumpen el progreso. Su vida constituye una mera metáfora del desperdicio. Gastan una fortuna en alimentos y en la manutención de una legión de sirvientes cuyo número ni siquiera conocen. Manos, las suyas, que no retienen, hechas para que todo se les escape. Bajo sus ojos, los administradores los roban. ¿Saben acaso qué se cultiva en sus campos, cuál es el estado de sus bosques? Gogol condena de manera oblicua la irresponsabilidad administrativa de sus terratenientes, y la pereza y malicia de sus siervos, así como en el famoso «Capote» fustiga con desprecio al pobre diablo, al modesto empleadillo, al perfecto don Nadie que no se resigna a ajustarse a su situación real sino que aspira a un abrigo forrado de piel cuya adquisición está muy por encima de sus medios. A una sociedad avanzada sólo se llega a través de la austeridad y el ahorro. Gogol debería ser el autor de cabecera del empresario contemporáneo. Yo concebí en mi ensayo a la gata rebelde de Puljeria Ivanovna como un símbolo del anárquico empleado, sindicado o no, de nuestros días, capaz de acabar con el patrón que, en vez de usar con él la firmeza, trata de ganar su lealtad y comprensión con blanduzcas filantropías. No se trata de crueldades gratuitas. El asalariado de nuestros días, como el de todos los tiempos, lo sé, es un huérfano inocente perdido en un mundo que desconoce y donde todo lo amenaza. El mayor enemigo que tiene no es el patrón, ni el capataz, sino sus instintos. El los teme más que al demonio, porque vislumbra el poder de destrucción que ellos conllevan. Darle amistad y afecto equivale a arrojar aceite a un incendio cuyo destino, obviamente, se cumple al arrasarlo todo. Al convertir el mundo en cenizas, el fuego acaba por extinguirse. El obrero lo sabe. Intuye que su sed de destrucción, su instinto, sólo se saciará cuando haya acabado con el último leño, que es él mismo. Desde el fondo de su alma se levanta un clamor que exige orden, disciplina, mano de hierro. De esa manera el pacto social cumple su cometido: la armonía. No ha habido sociedad que no prospere con otras caricias que no sean las del látigo. Sólo así florecerán las chimeneas, se desarrollará el comercio, prosperará el saber y se derramará entre todas las capas de la población el bienestar y la riqueza. Me precio de ser el único de los exégetas del gran autor ruso que ha vislumbrado en su obra este filón contemporáneo. Cuando reúna mis escritos mostraré a un Gogol desconocido, un autor que nadie, estoy seguro, ha sospechado. No lo he hecho aún; mi propósito consistió, sobre todo, en impedir que aquella tremebunda charlatana de Estambul continuara difundiendo sus falacias. Les parecerá ingenuo, pero me proponía regenerarla. Por esa razón les enviaba a ella, y a su compinche Rodrigo Vives, copia de mis artículos. Pero no fui yo quien logró domar a esa divina garza, sino la muerte. Me enteré de la noticia por una revista canadiense de estudios eslavos. Fue un golpe rudo, ya lo creo. A partir de entonces dejé de escribir, aunque estoy convencido de que no debo prescindir de publicar algún día mi libro. Si de algo estoy seguro es de que mis convicciones tienen un valor en sí, al margen de las tesis que refutan. Tiempo llegará en que pueda dedicarme por completo a mis estudios. Ahora que mi familia pasa casi todo su tiempo en Matamoros tal vez logre organizarme. Aquella a la que debo llamar mi hija es una mujer tranquila, a mi yerno apenas le conozco la voz. ¡En cambio, mi señora! La negatividad que despliega con el mero hecho de estar en un lugar, aunque mantenga los labios cerrados, es de no creerse. ¡No importa! Llegará el día en que publique mi libro, aunque mi monstruo familiar trate de fulminarme con su aliento de cobre. Debo comenzar por ordenar mis papeles, revisarlos, complementarlos. Eliminaré reiteraciones innecesarias, ciertos comentarios poco galantes referentes a la personalidad de la occisa. Llegará un día en que se inicie el ascenso de mi nombre a medida que el de la pobre Karapetiz irá sumiéndose en el olvido. Mi espíritu se elevará hacia la luz suprema, el de ella se irá desintegrando poco a poco en el infierno donde seguramente mora. —Movió agitadamente las manos frente a sus ojos como si deseara sacudirse alguna visión inoportuna, para un instante después comenzar a aplaudir con un estruendoso entusiasmo que nadie comprendió a qué correspondía. Al reponerse de ese rapto de entusiasmo, temeroso de que alguno de los presentes fuera a arrebatarle la palabra, volvió a su tema—: Sí, señores, en aquel tiempo, vuelvo a reconocerlo sin empacho, en aquella cena celebrada a orillas del mar de Mármara, yo no estaba en condiciones de enfrentarme con semejante loba; mis preocupaciones eran de otro orden. Ella contaba su interpretación del viejo y ocioso par de terratenientes y de la gata que eligió la vida salvaje, dirigiéndose sólo a Ramona, como si yo no estuviera presente, pero cuando llegó la fase final donde trató de identificar a la gata con una encarnación del impulso animal que da la vida, el Eros, la libido, cualquiera de esas pendejadas, se me quedó mirando penetrantemente. Sus ojos parecían querer taladrar mi cerebro, ya harto fatigado. A esas alturas, la furia se me había diluido por completo. Estaba, en cambio, horrorizado, debo confesarlo. La mujer me producía en ese momento un temor y una repulsión invencibles. Detrás del elegante vestido de moiré negro que encarcelaba sus carnes, de sus collares y anillos de plata, de su maquillaje perfecto, yo imaginaba a una gata enorme y disoluta, lista ya para huir con los gitanos de la orquesta, con los contrabandistas del más peligroso de los

110

puertos, con una cuadrilla de matones de los peores barrios de Palermo. También de ella se desprendía una vaharada de substancias salvajes que embriagaba y amedrentaba a quienes la rodeábamos. Pareció leer mis pensamientos. Su mirada, ya de por sí cruel cuando se fijaba en mí, desplegó de repente un feroz brillo felino. «Los simulacros de la vida», dijo, cuando al fin le dio la gana dirigirme la palabra, «se pagan a un precio muy alto. Sépalo, Ciriaco, sépalo bien. Cultivar las fuerzas hostiles a la vida suele producir frutos muy ácidos». Soltó una carcajada metálica. Me pareció que una mano invisible movía desde el interior las mandíbulas de una calavera para hacerle emitir aquella risa rasposa y ultrajante. ¡Crac, crac, crac, crac! Quise responder algo, pero antes de que se me ocurrieran las palabras, ya ella se había vuelto hacia Ramona: «¡Perdón, mi alma, perdón! Esta, tu pobre servidora, no tiene ya remedio. Te debo haber hecho dormir con mi pesada leccioncita. Cuando me veas abusar de la palabra, arrebátamela. Sé buena. Cáscame con tus puños la cabeza si lo consideras necesario. Descalábrame, te lo ruego. Es lo único que te pide esta no siempre sumisa mexicana avecindada en la calle de la Palma número noventa y cinco, departamento siete... Ramoncita, rica, sé clemente y perdona por tanta inútil palabrería a esta vieja descocada que no acaba de entender que ya hace mucho tiempo dejó de ser la divina garza que un día le hicieron creer que era.»

De todos los miembros de la familia Millares ninguno superaba en atención y disfrute del espectáculo ofrecido por Dante de la Estrella a los gemelos. Juan Ramón aprovechó la pausa para preguntar:

—¿A poco de verdad podía convertirse aquella mujer en gata?

—Estoy seguro de que sí, en gata, en pantera, en algo

peor. Mucho peor. No entraré en detalles por respeto a ustedes. Si alguien venera la inocencia de los niños yo soy ése. Mi mujer ha sido madre de dos hijas que una vez tuvieron la noble y tierna edad de ustedes. Una murió; la otra, ya casada, vive con su familia en Matamoros. ¡Ojalá se queden allá toda la vida! Pero, se lo aseguro, aquella mujer podía convertirse en algo peor que una gata. A su lado, una hiena hubiera parecido un animal muy dulce. Ya para esas horas, Ramona había sacado, como la alumna modelo que se sentía, una libretita del color de su vestido y una pluma Parker de oro muy sofisticada, y anotaba con un servilismo que daba asco todo lo que Marietta Karapetiz, henchida de soberbia, iba desgranando con voz lenta, como un presidente de la República en el momento de dictarle a su secretaria el texto de un decreto de capital importancia. Había dejado de ser el oso hormiguero, la zarigüeya que husmeaba por encima y entre los platos, para volver a convertirse en el tucán, orgulloso de su potente pico, en espera de una ocasión para lanzar su ataque traicionero. Con actitudes y voz de estadista, la profesora siguió hablando de Gogol, de sus rarezas, de las leyendas que corrieron en vida suya, rumores diseminados por sus enemigos, acusaciones terribles, gravísimas, entre otras la de necrofilia; habló de «Una noche en la villa», un documento que calificó de decisivo para al menos vislumbrar la complejidad psicológica, el laberinto en que se extraviaba aquella sexualidad maltrecha y angustiada. Fijé aquella conversación en mi memoria. Todo lo rechacé, corregí y enderecé en mis artículos, de los que, ya he dicho, enviaba copia a la interesada y a esa rotunda nulidad en que la vida se encargó de convertir a Rodrigo Vives.

Un relámpago recorrió la montaña, seguido de una cadena de truenos. Cada uno parecía ser un eco aumentado del anterior. Dante C. de la Estrella se levantó sobresaltado, emitió un grito y volvió a caer sobre el mueble. Parecía haber sufrido un ataque. Lo único que se movía era su boca; se abría y cerraba sin cesar entre jadeos entrecortados.

V

*Donde el licenciado de marras, sin siquiera propo-
nérselo, logra domar a la Divina Garza, y el regocijo general que resulta de esa victoria se enriquece con la súbita aparición del alegre Sacha.*

Sólo los gemelos permanecieron en su sitio, frente a
los rompecabezas, sin inmutarse aparentemente por el des-
vanecimiento del licenciado. Los mayores, en cambio, se
pusieron de inmediato en acción. Amelia corrió a la cocina. Los Millares, padre e hijo, se acercaron con cautela al
caído. Don Antonio comenzó a buscarle el pulso; en ese
momento cesaron los gemidos y las contorsiones. Dante
de la Estrella abrió los ojos y observó, con genuina estupefacción, la conducta de los demás.

—¿Me pueden explicar de qué broma se trata? —exigió. Sólo por las manchas sanguinolentas en el cuello y
las mejillas, y la inflamación de los párpados, se advertía
que algo anormal acababa de ocurrirle.

—Queríamos saber cómo andaba su presión —dijo
Amelia, quien reapareció con una jarra de agua.

—¿Mi presión arterial? Tanto la presión como mi salud
en general son asuntos que no le incumben a nadie sino a
mí. —De la Estrella parecía no haber registrado su desmayo, pero tampoco lograba descubrir qué había ocurrido. Entendía sólo que algo se le escapaba. Con súbita expresión de alarma se llevó la mano al pecho, se cercioró

de que su billetera se hallaba aún en el bolsillo interior de la chaqueta, y eso pareció tranquilizarlo. Reanudó el relato en el punto estricto donde lo había dejado—. Para entonces, ambas mujeres se las habían ingeniado para expulsarme por entero de la conversación. La dignidad me impedía darme por enterado, mucho menos protestar. Me dediqué a comer, a seguir bebiendo, a pedir más provisiones. ¡Jamás he tenido problemas de presión, Millares! Si alguien se lo dijo fue un charlatán. ¡Dondequiera que va uno topa con ellos! Me imagino que Marietta Karapetiz temió que pudiese despacharme sus raciones, pues de pronto hizo una pausa y le aconsejó a Ramona: «Mira, corazón, en el tiempo que van a pasar en Estambul tendremos nuevas ocasiones de volver a estos temas, si de verdad te interesan. Te propongo rendir culto a Heliogábalo antes de que nuestro voraz Ciriaco arrase con todo.» Ese malévolo comentario pudo ser la gota de agua que derramara un vaso más que colmado. Sin embargo, cerré los ojos, respiré a todo pulmón, conté hasta treinta y cinco, a media voz para estar seguro de ser oído, y me obligué a sonreír. La sonrisa debió de resultar algo forzada, ya que sentía una tensión atroz en las encías, en los pómulos, en el labio superior, hasta en las comisuras de la boca. Sin embargo, puedo decir que logré mantener la forma. «Perdone, señora, tal vez porque nos presentamos con demasiada precipitación no logró usted captar correctamente mi nombre. Sucede a menudo, soy consciente de ello, y comprenderlo todo es ya perdonarlo todo, que la natural decadencia que imponen los años y el sometimiento de grado o por fuerza a las exigencias del jubiloso pero irresponsable Baco, tienden a producir esta clase de malentendidos. Ha pronunciado usted mi nombre en distintas ocasiones de manera incorrecta. Me llamo Dante de la Estrella.»

115

«¡Dante C. de la Estrella», respondió con marcado sarcasmo, y añadió: «¡Dante Ciriaco de la Estrella, para servirle a Dios y al mundo! ¿Ve como no lo olvido? Deje de preocuparse por semejantes minucias, querido. A mi edad cualquier nombre resulta difícil de retener; en ocasiones, no voy a negárselo, me pierdo, me atolondro; mi oído no es ya el que acostumbraba ser cuando era, sí, yo misma, no se ría, yo, su atenta y segura servidora, una güerita preciosa, asediada por una cachonda garrapata, con domicilio en la capital mexicana en la céntrica calle de la Palma...»

—¡Número noventa y cinco, departamento siete! —exclamaron a una voz los gemelos.

—Así es —respingó con evidente mal humor el licenciado; y volvió a repetir—: «Con domicilio en la capital mexicana, en la céntrica calle de la Palma, número noventa y cinco, departamento siete, humildemente suya, la casa, no se piense que otra cosa; no deseo malas interpretaciones, ni dar a pensar que ando en busca de que alguien se propase conmigo. ¡Nada de eso! ¡Ante todo respeto! ¿Me está usted entendiendo? ¡Respeto!» Se echó a reír con burlona malignidad y en mis propias narices. ¿Qué me hubiera usted aconsejado hacer a esas alturas, Millares? —Una pregunta puramente retórica, pues antes de que el arquitecto abriera la boca, ya el relator, como de costumbre, había retomado la palabra—. ¿Levantarme de la mesa, tomar un taxi y dejar sola a Ramona junto a aquel venero permanente de provocaciones? ¿Qué hacer? ¡La pregunta eterna de los momentos álgidos! ¿Qué hacer? ¿Mandar a ambas mujeres al demonio o seguir aceptando como un reverendo pendejo toda clase de vejaciones?

—¿No había modo de convencer a Ramona Vives de regresar con usted al hotel? —preguntó el viejo Millares.

—¡Ninguna! Está visto que usted no conoce a esa

116

mujer. Me hubiera escupido en medio de los ojos, estoy seguro. Para ese momento, a petición de Marietta Karapetiz, habían vuelto a aparecer ante nuestra mesa los músicos. Ella ordenó algo en turco y la banda se lanzó a tocar «Ramona», esa vieja canción, favorecida siempre por los cursis de este mundo. ¡Había que ver al violinista estremecerse como un guiñapo en medio de aquel par insoportable de mujeres! La profesora tarareaba unas cuantas palabras en castellano: «Ramoooona, gentil artista de mi amoooor», y añadía otras en italiano, y aún otras más en un idioma para mí desconocido. Al final de la interpretación, las mujeres aplaudieron a rabiar. Marietta Karapetiz despidió a los músicos con uno de esos ademanes rápidos y secos, de autócrata, en que parecía haberse doctorado, y ellos se retiraron entre profundas reverencias. Pareció sentirse obligada a explicarnos la causa de aquella tajante despedida. «Ramona» debía brillar como un diamante puro; había que evitar su dilución entre otras varias canciones; de no hacerlo así resultaría una pieza más, trivial, insulsa. Eso era todo. Se sacó uno de los anillos y lo introdujo en un dedo de Ramona. «Te va a traer mucha suerte. Es plata antigua de Turcmenia. Un objeto ritual, casi imposible de encontrar en el comercio. Sólo puedes adquirirlo en el bazar de Azjabad. Y no siempre por dinero, sino por trueque o como pago de un servicio. Allí lo obtuvo para mí el infatigable y prodigioso Karapetiz.» La asimismo infatigable pero nunca prodigiosa Ramona, volvió a abrir su cuadernito rojo y a anotar con aplicación el nombre del lugar y sus características. «Azjabad, capital de Turcmenia, en la frontera con la antigua Persia, es decir el Irán actual.» «Puedes anotar Angel de Luz, que ese bazar se encuentra en medio del desierto, no muy lejos de la capital. Un bazar al aire libre, sin más tejado que el cielo.

Las mejores horas para comprar son las de la madrugada. Anota, porque esto es importante: después de las nueve ya poco o nada se ve. Uno comienza a deambular en medio de una niebla granate que aturde y casi ciega. Los pasos del hombre se vuelven sonambúlicos. El desierto está tapizado de alfombras cuyo rojo reverbera bajo un sol de locura que extrae el color de los tejidos y lo hace flotar a la altura de los ojos. Los mismos camellos se marean, se retuercen, vomitan. ¿Qué te puedo decir de los humanos? ¡Ya quisiera ver a nuestro Ciriaco en esos andurriales! En un extremo de ese inmenso tapete de lana y seda en que de pronto se convierte el desierto se agrupan las vendedoras de otros productos, configurando diseños geométricos. Las que venden alhajas se colocan una junto a otra, hasta formar una luna menguante, la luna del Islam. Son formas que se remontan a muchos siglos. Las mujeres permanecen de pie, con los brazos extendidos de donde cuelgan cintos de plata, broches, ajorcas y pulseras; los hombres en cuchillas las vigilan. Las que venden quesos y leche cuajada forman los gajos de una estrella; en fin, eso a nosotros qué nos importa, ¿no es verdad? Conservo en casa la documentación que reunió Karapetiz sobre ese mercado fabuloso. ¡Uno de sus primeros estudios! Ya verás, Ramooona, gentil artista de mi amooor, cuantas sorpresas tengo preparadas en casa para ti y tu hermano.» A esas alturas yo estaba más que aburrido de oír tanta basura, me sentía vejado, harto sobre todo de que aquel par de marisabidillas, que a mi juicio comenzaban a tratarse con demasiada y sospechosa intimidad, se empeñaran en declararme inexistente, y de que las pocas veces que parecieran reparar en mí lo hicieran con nombres degradantes, de manera que decidí irrumpir de improviso en sus dulces coloquios. Fue un asalto por sorpresa, una táctica cuya eficacia en desorientar al enemigo tenía ya comprobada. Llené una copa de vino hasta los bordes y me la bebí de un trago. ¡Imposible saber cuántas me había despachado ya a esas alturas! «Me interesaría saber qué clase de personas se encuentran aquí esta noche», exclamé de pronto, en voz tal vez más alta de lo que fuera conveniente, impulsado por la pura necesidad de existir incubada durante el largo rato que transcurrí en calidad de fantasma. Ambas mujeres fingieron sufrir un sobresalto; se me quedaron mirando con una calculada actitud de sorpresa que mucho tenía de ofensivo. «¿Qué es lo que en realidad te propones preguntarle a la profesora Karapetiz?», inquirió Ramona, con su voz más fragante de alumna del Sagrado Corazón de Jesús, derramando sobre la mesa un repulsivo aroma de falsa ternura. «Lo que oíste, ¡tan simple como eso! ¡Quiero saber qué clase de personas frecuentan este restaurante!», repetí con voz que a mí mismo me raspó el oído. «¿Pero de qué habla este hombre? ¿Habrá quien lo entienda? ¿Qué clase de personas? ¿Qué supondrá decir con eso?», preguntó Marietta Karapetiz, las cejas enarcadas por el asombro. «¡Exactamente eso! ¿Qué clase de personas nos rodean?», grazné al borde del colapso. «¿Clase? ¿En qué sentido emplea usted esa palabra?», preguntó ella con perfecta, gélida, cruel, paciente, imperturbable educación. Y allí volvió a intervenir mi estulta compatriota: «¿No podrías ser más explícito, Dante Ciriaco?», ¡vuelta a joder con aquel Ciriaco que ya no me apeaban de encima! «Cuando hablas de clase, ¿lo haces en el sentido sociológico del término? ¿Te interesa saber si la clientela del restaurante está constituida por obreros, campesinos, clase media o miembros de la burguesía? Di, ¿a eso te refieres?» No pude más, ¡quién iba a poderlo! Aullé: «Mira, Mamona, no he hecho sino preguntar qué tipo de personas suele venir a cenar aquí. ¿Resulta eso demasiado inaccesible para tus niveles de comprensión?» «¡Ah, al fin me entero! ¡Pero vamos, muchacho, hasta para preguntar semejante tontería resulta usted complicado!», dijo tras un suspiro de sufrimiento la vieja profesora, como si acabara de descubrir el Mediterráneo. «Mire, los clientes son en su mayoría turcos, lo que es natural, ¿o también sobre eso va a protestar usted?, aunque también suelen venir por acá algunos extranjeros, no tanto turistas, que todo lo afean, sino residentes de Estambul, hombres de negocios, funcionarios consulares, ¡qué voy yo a saber! ¡Nadie me había hecho una pregunta semejante! Viene gente educada, me atrevería a decir, aunque a veces se les cuele algún adefesio sin corbata», me clavó la mirada en el cuello. Un flujo de sangre me subió a la cara. «Gajes del oficio, en cualquier restaurante, me imagino. Mire lo bien trajeado que anda todo el mundo. Supongo que los atrae de este lugar la buena cocina, cierta elegancia discreta, nada pomposa, y, desde luego, la música, que es excelente. Puedo equivocarme, y en ese caso me tendrá que disculpar, pero no me atrevo a ir a las mesas a perturbar a los comensales, a interrogarlos», y añadió unas palabritas que apenas logré comprender: «No soy un ruiseñor, pero en mis trinos algunas veces he logrado llegar al do sobreagudo.» Yo ya no podía más. Hice un esfuerzo para que la voz no me temblara y a duras penas logré articular: «¿Gente bien educada? ¿Está segura de lo que dice? Quizá eso sólo se lo parezca a usted. Hay personas más elásticas que otras para juzgar al prójimo, y me parece que usted, por generosidad, o por falta de mundo, peca de tener la manga muy ancha. Le aseguro que en el poco rato que llevamos aquí he visto a una que otra dama, y en eso la intuición rara vez me falla, a quienes les gustaría que esta

120

noche les dieran por el culo.» «¡Olé, torero!», fue el grito estentóreo con que me respondió la imprevisible viuda de Karapetiz.

Los gemelos se echaron a reír a carcajadas. Los demás se les fueron sumando.

—¡Vaya, vaya! ¡Qué conversaciones podían sostenerse con aquella señora tan especial! —comentó Amelia—. ¡Jovencitos, me parece que va siendo ya hora de que guarden sus trebejos para que puedan comenzar a poner la mesa!

—¡Mil perdones, señora! ¡Se lo suplico, mil perdones! Le ruego excusar los muchos dislates que en esta desapacible tarde de tormenta brotan de mis labios. ¿Hace cuántos años trabajó usted conmigo, Millares? ¿Doce?, ¿quince? ¿Me oyó decir jamás algo semejante? ¡Nunca! Este lenguaje de cargador no me va para nada. Aquella noche en Estambul yo fui el primer sorprendido al oírme decir semejante barbaridad. Una frase nacida de la pura necesidad de desconcertar al enemigo, lo juro. Aquel comentario estalló de la manera más natural del mundo. Surgió de mi parte irracional, del costado nocturno. Me urgía deshacer la alianza que las dos mujeres habían sellado en mi contra. Abatir, más que nada, la compostura de aquella vieja cargada de soberbia, castigar su temible arrogancia. En fin de cuentas, ¿era o no era yo un ser humano? Ustedes comprenderán, lo único que me proponía era salir del rincón donde me tenían confinado, y donde, la verdad sea dicha, me asfixiaba. Manifestarle al mundo que Dante de la Estrella, por oscuro que pudiera parecerles a ciertas divas, existía. El resultado fue más que sorprendente. Primero aquel estruendoso «¡Olé, torero!», que debió de haberse oído hasta en la cocina del restaurante de enfrente. Las dos majestuosas hileras de dientes se volvieron hacia mí desprovistas de súbito de su ferocidad habitual; es más,

121

con una sonrisa de abierta complicidad. Ramona parecía trastornada. Al oír mi expansión sobre los deseos que acariciaban ciertas damas locales había hasta hipado. Pero al ver la reacción de Marietta Karapetiz esbozó una sonrisa vaga, y la mantuvo por puro compromiso, guardando conmigo, eso sí, todas sus distancias, que para entonces eran ya kilométricas. La tirana seguía su perorata. «¡Mexicano puro de la cabeza a los pies! ¡De los meros Altos de Jalisco, podría jurarlo! ¡Corazón mío, conozco aquel barro pestífero y sublime, henchido de imaginación creadora, amasado con la misma etérea substancia de la que están hechos los sueños! ¡Cuántas veces no me he arrodillado ante ese cieno sacro para asir una astilla de luz!»

Si momentos antes el licenciado De la Estrella había asustado a los Millares al sufrir un desmayo, la febril gesticulación que en esos momentos desplegó para reproducir el flujo sin freno de la desbordada señora de Karapetiz, la imitación de sus ademanes, la incoherencia en la expresión, los gritos, suspiros y lamentos, los inquietó todavía más. Abría y cerraba sin cesar los ojos, los hacía girar en las órbitas, bizqueaba; los labios parecían habérsele vuelto de hule, tan anormal era su movilidad. Ninguno de sus músculos podía permanecer quieto un instante, las manos giraban enloquecidamente, como aspas que se hubieran independizado del molino. Las palabras brotaban a chorros, atropellándose unas con otras, ahogando al emisor, amoratándole el rostro. Todo en él se precipitaba hacia la convulsión total. El espectáculo comenzó a tener algo de repugnante. El viejo Millares se levantó, se sirvió un coñac y le ofreció otro al licenciado, quien denegó con un gesto.

—Tal vez un whisky, o mejor un café... —insistió don Antonio.

—¡No, no, no! Ya lo pediré si me hace falta, o, en todo caso, me lo serviré yo mismo. Le ruego no interrumpirme ahora. —Sacó un enorme pañuelo de colores vivos, se lo pasó por el rostro y luego continuó el relato—. Yo no comprendí de qué hablaba esa mujer. Su soliloquio se prolongó durante un buen rato: «El gran Constantino Porfiriogeneta era un intuitivo, un visionario excelso. Pero en esta ciudad un hombre sabio sólo puede, después de años de pesquisas laboriosas, esbozar una idea; en cambio en su país, que también es el mío, por algo soy chinaca, poblana, tehuana, jarocha nacional, el pueblo mismo, igual los patricios que las capas más simples, las más inocentes, convierten con asombrosa facilidad en hechos reales y cotidianos una idea, la transforman en carne de su carne, en alimento diario y sacratísimo. ¡Virgen Morena, ayuda a esta miserable pecadora que hoy implora tu amparo! ¡Mil veces benemérito Santo Niño del Agro, auxilio permanente de la ajena desdicha, absuélveme que me siento expirar de puro deleite y regocijo!» Sólo se me ocurrían dos posibilidades, que estuviera haciendo befa de mí con aquella estrepitosa fanfarria verbal, o que, de plano, se hubiera vuelto loca. No veía yo tercera vía. ¿Me sería dado aún esa noche ver la aparición de los loqueros y contemplar el encorsetamiento del nervioso tucán en una rígida camisa de fuerza? Marietta Karapetiz hizo una pausa, se sirvió un vaso de agua y se tomó de un trago el contenido junto con dos grageas amarillentas. «Me perdonarán, pequeños, este leve extravío. Cuando me encuentro con mexicanos no deja de presentarse el momento en que imagino estar de vuelta allá, en aquellas tierras donde me sentí como pez en el agua. Yo crecí en una aldea del sur del Nuevo Continente. Sí, amigo mío, su idioma es también mi primera lengua, por si no lo había adivinado», dijo mirándome aún con resabios del viejo desafío, que, por fortuna, se diluyó casi de inmediato. «¿Está satisfecho? ¿Lo sabe todo de mí ahora? No lo crea; sabe usted todavía menos. Llegué a ese pueblo con mis padres en 1905. Era muy pequeña. Nací en un mundo y me crié en otro diametralmente distinto. Creía ser feliz, a pesar de intuir una carencia que no lograba precisar. Sólo cuando puse pie en México descubrí mi alma. Amo a los mexicanos. Nadie en el mundo tan generoso como ellos. Me adoraban. Al grado de haberme hecho sentir como una divina garza. ¡La Divina Garza envuelta en huevo! ¡Nada menos! Eso era yo, una chiquilla nada fea que empezaba a entrar en la vida. A veces eso cuenta. Me había casado hacía poco con el laborioso Karapetiz. Era mi primer viaje por mar. Cuando la nave nos acercaba a Veracruz lo que más me impresionó fue el cambio de colores que se produjo en el cielo. Durante un par de días nos había acompañado la blancura de las gaviotas. De repente pareció que las aves cambiaban de color y de modales. Apareció el zopilote, ese primo caribeño del buitre. Yo lo desconocía, pero su recia personalidad, su discreción severa y sus otras múltiples virtudes me impusieron respeto desde el primer momento. Así es. Nunca antes había visto a esos pájaros de plumaje negro y cuello gangrenoso. Comenzaron a acercarse al barco con entera confianza, a colocarse en sus mástiles y cuerdas, a caminar por cubierta para horror, debo decirlo, de algunos pasajeros pusilánimes, con este trote saltón y desganado propio de viejos caballeros que estuvieran ya de regreso de cualquier novedad. En el puerto advertí que la ciudad era suya. La gente salía a las calles a arrojarles carroña y ellos se arracimaban jubilosos para participar de aquella fiesta inesperada. No siempre tales ágapes resultaban un modelo de armonía. Recuerdo haber visto caminar a una niña de unos once o doce años; su hermanito en una mano y una bacinica en la otra. La vi vaciar el recipiente al lado de la acera, a un paso de nosotros. ¡Qué inmenso jolgorio! ¡Qué olímpico festín! Como los antiguos espartanos, aquellos animales sabían ligar los placeres de la mesa con los del combate. ¡Una auténtica guerra florida tuvo lugar frente a mis ojos! Con cuellos y patas sanguinolentos, alguno con un ojo de menos, todos bastantes desplumados, los sobrevivientes celebraron su triunfo con una gozosa degustación de aquellos bocaditos de ambrosía. Llegaron otros más, y en cuestión de segundos dieron cuenta de los cadáveres de los vencidos. ¡Un mínimo montón de huesos, unas cuantas plumas que dispersó la brisa, y la ciudad recobró, como por arte de magia, su tradicional limpieza!» En ese punto detuvo sus pintorescos cuanto inverosímiles recuerdos. Se volvió hacia mí con una sonrisa radiante que le permitió lucir la entera y descomunal dentadura de viejo marfil pulido. Y con la misma sonrisa, que se había vuelto toda amistad, me lanzó a quemarropa: «Así que dígame, querido, ¿qué piensa usted que les agradaría hacer a las señoras que nos rodean?» Me hizo la pregunta tan de sopetón que me quedé sin habla. Ya lo dije, yo había pensado que mi exabrupto, por vulgar, por provocativo, iba a ofenderla. Había sido un modo de protegerme, quizás hasta de vengarme, de la lluvia de majaderías recibidas en el transcurso de esa noche. El efecto, sin embargo, fue del todo inesperado, una súbita locura de amor, un surtidor de frases lanzadas al viento, todas ellas para mí incomprensibles. Mareo del alma, extravío de la razón, no sé lo que eran. Y cuando más desprotegido me hallaba la asaltó el capricho de volver a oír la ordinariez emitida poco antes por mí. No me hizo demasiada gracia el asunto. Así como por casualidad había salido bien, la repetición podía tener resultados fatales. Ella insistía: «Diga usted esas palabritas, repítalas, sea generoso, no sabe la gracia que me han hecho ¡Dios mío, qué bonitos labios tiene!», dijo, pasándome los dedos por la boca, «¡pero todavía más bonitas, las palabras que ellos saben pronunciar!». De entre las cenizas donde desde hacía un buen rato yacía a medio sepultar, resucitó en mal momento nuestra Ramona nacional. Toda la noche había soportado sus miradas cargadas de insidia, de acidez y creciente rencor. En esos momentos estaba muerta de envidia. Y de celos. Me imagino también que desde un punto de vista espiritual debía hallarse un tanto perdida, intentando orientarse en un terreno que con toda seguridad le era ajeno; igual que a mí, por otra parte. «Eres ya mayorcito de edad», me conminó, «y sin embargo te da por comportarte como un bebé. Repite lo que dijiste, demuestra madurez: ¡Anda! ¿Qué esperas?». ¡Quién mejor que usted, Millares, podría compartir mi desconcierto! Comenté, pero como sin dar importancia a mis palabras, que por pura intuición y por un conocimiento precoz de la vida, había llegado a comprender que a alguna de las señoras allí presentes no les disgustaría entregarse esa noche a placeres más bien perversos, y realizar ciertas prácticas que en estricto sentido debían considerarse contra natura. Marietta Karapetiz no me dejó continuar. «¡No, no, no y no!», gritaba. «¡No sea usted rajón! Antes se expresó mucho mejor. ¿Por qué no repite sus palabras? ¿A poco no se atreve?» Yo seguía resistiéndome, aunque mi embarazo fue cediendo; comprendí que por ese camino podría empezar a convertirme en el amo de la situación. Por ahí podía llegar a domar a la divina garza. Ella acabó por proclamar a voz en cuello: «Usted aseguró que casi todas estas hembras gotean como perras en brama para que alguien llegue esta

126

noche a batirles la mantequilla en el culo.» Y otra vez repitió la expresión de la que por lo visto echaba mano siempre en tales circunstancias, «¡Olé, torero!», entre accesos de risa y aplausos desenfrenados. Como un eco nos llegó el grito emitido aquí y allá desde otras mesas: «¡Olé, torero!» «¡Olé, torero!»

Los gemelos se echaron a reír de nuevo. Un suspiro de Amelia expresó que la presencia de su sobrina en aquella reunión comenzaba a no hacerle demasiada gracia.

—¡Perdón, señora, permítame suplicarle una y mil veces perdón! ¡Mis excusas, Millares! —continuó—. Pido disculpas por el lenguaje que solía usar aquella mujer. Sólo pretendo mantenerme fiel a los hechos. Estoy convencido de que si uno comienza a falsear la pequeña historia, la grande, la del Universo, se resentiría hasta convertirse en una maraña incomprensible. Me escandalicé ante aquella procacidad que superaba, con mucho, la de mi comentario. —De la Estrella pareció serenarse. Se mantuvo en un limbo de pedante engolosinamiento, admirado, al parecer, de su propia capacidad expositiva—. Me quedé estudiando con la mayor atención al par de mujeres que me acompañaban en la mesa. La vieja era, ya lo he dicho, un tucán con pretensiones de Grande de España, un conjunto de carnes oscuras y macizas. La otra, unos treinta años más joven, vaga y diluida como un huevo pasado por agua, era su antítesis. Sin ser gorda, parecía estar a punto de desparramarse sobre la mesa. En la cara de Marietta Karapetiz todo era cerrado, apiñonado y duro, en la de Ramona Vives nada había que no fuera blanduzco, borroso; un maquillaje chillón sobre su rostro insípido producía el efecto de que éste hubiera sido amasado con ese algodón azucarado que venden en las ferias. Los ojos de una eran grandes, rasgados, en forma de almendra, de un tono parecido a una miel verdosa muy brillante, los de la otra eran redondos, un par de botones de un negro apagado y tristón. El pelo fuertemente estirado hacia la nuca de la Karapetiz era negro como el ala de un cuervo; el de mi compatriota era cenizo, un racimo de mil pequeños bucles y ricitos que le cubrían parte de la frente y acentuaban aún más su inexpresividad de muñeca. Los dientes de la vieja eran fuertes, salvajes, como tallados en un marfil ligeramente patinado; los de la pobre señorita Vives eran de todos los tamaños y se amontonaban unos encima de otros, como una pedacería de huesos reunidos con la mayor arbitrariedad. Sin embargo, a pesar de esas y otras varias discrepancias, entre maestra y discípula se habían establecido, me parece que desde un principio, corrientes poderosas de integración, al grado que uno tendía a pensar que ambas mujeres pertenecían a la misma familia.

—¿Y existían lazos de ese tipo? ¿Había entre ellas algún parentesco?

—Me refiero, señora, a que pertenecían a la misma familia espiritual —la atajó el licenciado con agria pompa—: Me he tomado la libertad de expresarme en símiles. La existencia misma de los hombres, sus pasiones, anhelos, caídas y esperanzas, ha sido considerada por pensadores mucho más calificados que éste, su humilde servidor, como una mera metáfora del Universo.

Salvador Millares no pudo contener una carcajada.

—¿He incurrido, tal vez sin advertirlo, en algún efecto del género cómico? ¿Algo he dicho que incitara a la risa?

—Nada en especial —respondió el arquitecto, sin perder el buen humor—, pero hasta donde me doy cuenta, licenciado, hay algo que lo atemoriza y no le deja continuar la historia. Acelera usted y frena. Avanza un poco para retroceder casi de inmediato. ¿A qué puede deberse?

—Lo va a saber muy pronto. Y verá qué mínima ración de comicidad existe en lo que me ocurrió en el viaje. ¡Ninguna! Todo lo contrario. Mire usted, mis reflexiones sobre las discrepancias físicas de mis compañeras de mesa y sus acercamientos psicológicos no son algo gratuito, no obedecen a un impulso decorativo en esta crónica, sino cumplen una necesidad estructural del relato. De alguna manera ejemplifican mi orfandad, mi desprotección, la aridez de mi esfuerzo. ¿Cómo podía yo pretender domar a una mujer, que para colmo se sentía la divina garza, cuando cada nueva situación me exigía repetir todos los esfuerzos y partir de cero? Pertenecíamos a familias espirituales distintas, antagónicas. En cambio, ellas encontraban a cada instante vasos que las comunicaban y fortalecían... Pero, a todo esto, ¿en dónde estábamos?

—En Estambul.

—¿No me diga? Gracias, muy amable; le aseguro que no lo he olvidado —dijo con sarcasmo—. Lo que pregunto es dónde me quedé.

—En que la profesora cometía a menudo errores cronológicos —aventuró don Antonio.

—¿De eso hablaba? ¿Errores cronológicos? ¿A propósito de qué? ¡Ah, ya caigo! ¡Claro! Ibamos ya en otras cosas, pero igual me sirve ese punto para recomenzar. No era que Marietta Karapetiz cometiera equivocaciones a menudo, lo hacía constantemente. Se movía por el tiempo con un desprecio absoluto. Establecía cronologías del todo personales. Yo mismo, que para nada me considero especialista en el pasado de mi país, pude detectar que al referirse a determinadas figuras históricas las colocaba en épocas que de ningún modo les correspondían. Todo lo convertía por momentos en una caricatura grotesca. Tal vez, pensé, se debía a que ella y su marido habían viajado a México en distintas ocasiones entre 1908 y 1926. A veces las estadías habían sido largas, otras mínimas. En un viaje que coincidió con el asesinato de Obregón, permanecieron sólo cuatro días, un lapso ridículo si se considera la duración de la travesía marítima en aquellos tiempos. Resultaba casi normal que en tales circunstancias los recuerdos se confundieran. Luego observé que lo mismo le sucedía con la geografía. Mezclaba y confundía zonas que no guardaban entre sí la menor relación. La mayor parte de las investigaciones de Karapetiz se circunscribían al sur y al sureste de México. Al hablar de sus viajes por Yucatán, Tabasco, Chiapas y Oaxaca, citaba los días deliciosos pasados en Colima y el descubrimiento de Guanajuato y Taxco. Viajaban en una ocasión de Mérida a Campeche y. se quedaron extasiados al contemplar los muros rojizos de Zacatecas bañados por la ligera luz del alba. Me puse, pues, a pensar si sus conocimientos sobre Gogol, de los que no cabe duda había abusado al inicio de nuestra sesión, no adolecerían de igual arbitrariedad, de la misma radical carencia de rigor. A momentos aquella mujer llegaba a dar la impresión de no haber estado nunca en México, de basar sus conocimientos en películas mal recordadas, en tarjetas postales, en relatos de segunda o tercera mano, o de ser producto de lecturas deshilvanadas. A pesar de ello, sus hazañas cobraban una dimensión fantástica gracias a su extraordinario dominio de la narración. Debo decir, y no me pesa reconocerlo, que la calidad del relato, sus efectos, sus luces, sus intensidades, volvían verosímiles las más disparatadas circunstancias y mucho más atractivas de lo que por lo general suelen ser las descripciones de arqueólogos, etnógrafos y exploradores. La comencé a oír y de repente ya estaba yo hechizado, sí, se lo aseguro, hechizado en el sentido más estricto del término, como si me hubieran sometido a un acto de hipnosis. Ramona ni se diga. Sorbía, como dice el vulgo, sus palabras e iba registrándolas en su cuaderno a una velocidad sorprendente. A través de la voz de aquella mujer los brujos y curanderos de Chiapas y de Veracruz comenzaron a transformarse en chamanes siberianos, en hechiceros asombrosos del corazón del Africa, en monjes visionarios de los monasterios tibetanos. Su cultura parecía fabulosa. Y era una actriz nata. La podía uno oír sin pestañear horas enteras, se lo juro. Hasta su lenguaje se depuraba, libre ya de la hojarasca chocarrera, del vulgar populismo, ¡olé, torero!, ¡olé, torero!, que solía adornarlo en los frecuentes momentos de excitación. Ahora bien, lo repito, no tengo la más mínima certeza de la veracidad de sus aseveraciones, y sí la certidumbre, después de estudiar a fondo algunos de sus escritos, de que nos hallábamos ante un caso insuperable de superchería. Marietta Karapetiz era un fraude viviente. Dudo que alguna vez... Bueno, no quiero anticiparme. No recuerdo en qué frase de su exposición, la sorprendente dama fijó la mirada en la puerta. Se le iluminaron los ojos, le brillaron los dientes. ¡Una loba feroz orgullosa de mostrar a su crío! «¡Pero si ya llegó mi palomito blanco!», gritó. Volví la cabeza, un anciano sonriente de rostro moreno, pelo muy blanco, elegantísimo traje de seda blanca se iba acercando a nuestra mesa, apoyado en un bastón color marfil con empuñadura negra. La dentadura, igual que la de Marietta, parecía no caberle en la boca. Los ojos eran grandes, redondos, muy expresivos; eran ojos alegres y juguetones como los de un cachorro, de un azul muy pálido, lo que contrastaba con su piel oscura y acentuaba todavía más su aire distinguido. Pude ver que movía con visible esfuerzo una pierna; la dere-

131

cha, me parece. Llegó, apoyó las manos sobre nuestra mesa, y antes de saludar o presentarse esbozó una deslumbrante sonrisa, para luego, de inmediato, recitar con voz profunda la siguiente y sorprendente estrofa:

«Cáguelo yo duro,
o lo haga blandito,
a la luz y en lo oscuro
sé mi dulce santito.»

La familia Millares en pleno se echó a reír.

—«¡No, Sacha, no! Esta vez sí que nos hemos equivocado del todo», gritó ella. El anciano, desconcertado, nos miró uno a uno en espera de una explicación. «Este señor, a quien ves acompañarnos con tanta hidalguía», explicó, «no es Rodrigo Vives. Siéntate, por favorcito, y bebe una copa de vino con nosotros. Habrás cenado, ¿no es cierto, mi palomo?», e hizo las presentaciones: «Mi hermano Alexander, mi gran, mi único gran amigo verdadero; la señorita Ramona Vives, hermana del ilustre Rodrigo del mismo apellido; el licenciado Dante C. de la Estrella, nombre auténtico aunque no lo parezca, quien acompaña a los hermanos Vives en su viaje a Turquía.» Volvió a insistir: «¿Acaso te has quedado mudo? ¿Ya cenaste?» Y de nuevo, sin permitirle la respuesta, nos explicó algo sobre la chabacana recitación que había hecho su hermano. Era el fragmento de una plegaria a un niñito santo, muy milagroso, cuya devoción gozó de inmenso fervor en ciertas regiones de México, durante las dos primeras décadas del siglo. «Mi esposo estudió y documentó ese culto, y éste, mi santo niño particular, quería darle una sorpresa a Rodrigo, quien se interesa de manera especial por los apuntes de Karapetiz sobre aquel fenómeno.» «¿Podría usted repetir los versos?», pidió la insaciable Ramoncita de mierda.

«Sal mojón
del oscuro rincón.»

Las carcajadas de los gemelos y del abuelo volvieron a interrumpir el relato.

—Como habrán advertido, vivía yo en los extremos de un sueño. Me movía en las más altas cimas, pero también en los abismos del pensamiento. ¡Entre el esplendor y la escoria! Puntos radicales, cuya cercanía hubiese podido marear a alguien menos fuerte que yo. Me sentía firme a pesar de que para esas horas había bebido una barbaridad. Marietta Karapetiz opinó que no valía la pena anotar la oración, tenía preparados todos los materiales, la preciosa estampa del Santo Niño, los comentarios exhaustivos del quisquilloso Karapetiz. «Tu hermano va a quedarse deslumbrado ante la riqueza de la transcripción, sus antecedentes y su interpretación. Esos papeles le revelarán la alta distinción intelectual de mi marido. Tengo la impresión de que Vives va a ser capaz de apreciarlos. Van de la materia al concepto, del movimiento a la molicie, de lo visible a lo invisible; es decir de la hez a lo sagrado.» «¡Cómo no iba a escribir una obra preciosa», intervino el hermano, «si todo el material que recogió para su estudio era como un racimo de uvas del oro más fino!». Debo confesar que no acababa de orientarme; de nuevo me sentía un poco perdido. Me dediqué a oírlos. «Para empezar», era de nuevo la Karapetiz quien hablaba, «el viaje en sí ya fue una fiesta. Sacha nos acompañó; era todavía un niño, ¡pero cómo disfrutó las ceremonias! ¡Estuvo a punto el chiquitito de ser coronado rey de la fiesta!» «Las fiestas de tierra caliente tienden siempre a ser más gratas que las de los climas fríos», comentó con tono doctoral el recién llegado. «Muy cierto», asintió ella, y añadió casi en un pathos de exaltación: «¡Y qué bien lo has sabido expresar, palomito, qué profundidad esconden tus palabras! En las zonas tórridas el elemento de placer suele ser más intenso, más directo y a la vez más ambiguo que en el Septentrión, porque bajo el sol el cuerpo se vuelve protagonista, juega un doble papel, como cuerpo y como abstracción del cuerpo en la celebración ritual. ¡Ah, qué momentos dionisíacos! ¡Tantos cauces distintos para concluir en un mismo río! ¡Juego de creación y de despojos! ¡Creación de la máscara hasta lograr la desnudez absoluta, la total diafanidad, el estado de tensión privilegiado en que es innecesario buscar el rostro porque todos nos hemos vuelto, somos ya, El Rostro!» «Amigos», recomenzaba Sacha, «aquél sí que era un lugar privilegiado. Unas palmas acá y por allá unos mangos. ¡Qué cantidad de árboles frondosos! ¡Los más lindos que pueda uno concebir! En esa tierra todo se daba en profusión, animales de andares voluptuosos, ríos perfumados, nubes de garzas por un lado, de loros por el otro. ¡Y qué colores! Lo dije entonces y ahora lo sostengo: el hombre ha nacido para contemplar la belleza, esa variedad infinita de orquídeas y de pájaros, sólo eso podrá redimirlo de todas sus culpas y todos sus sufrimientos. ¡Estar allí era una maravilla, una grandísima maravilla!» «Todos los años», continuó la hermana, «durante el festín, se elegía a un adolescente; debía llenar, claro, determinadas condiciones para representar en la siguiente fiesta al Santo Niño del Agro, a quien se festejaba. Esa vez, el galante Sacha estuvo a punto de ser el victorioso. Era entonces un dulce, un verdadero amor. Ya lo verán en las fotografías con su báculo florido, su guirnaldita blanca, su recipiente en la mano. Pero la votación no lo favoreció.» «¡Mire usted que se necesita mala suerte! ¡Perder por un voto! ¡Por un solo voto!», la voz del anciano terminó transformada en un puro lamento. «Se trataba del voto más importante, y esto Sacha, que para muchas cosas es hombre de alcances muy limitados, no ha logrado entenderlo nunca. Ese único voto contra el que tanto maldice fue emitido nada menos que por la esposa del Cacique regional. Un voto que equivalía a un millón. Un sobrino suyo resultó elegido. ¡Una injusticia enorme! Los feligreses estaban indignados. De cualquier manera, aun sin el triunfo, ha sido la fiesta más bella a la que hemos asistido. ¡La fiesta de nuestra vida! ¿no es cierto Sáchenka?» Hablaban con tal fervor, con nostalgia tan manifiesta, que era conmovedor oírlos. De pronto advertimos que estaban por cerrar el local. Ramona pidió la cuenta. Cuando el mesero la llevó, Sacha se apresuró a interceptarla, y dijo que esa noche éramos sus invitados; no podía olvidar que procedíamos de un país que los había tratado a él, a su hermana y a su pobre cuñado, el difunto Karapetiz, como a reyes. «Ser tratada como una reina es para mí algo que carece de sentido», afirmó con gesto despectivo la viuda. «¡Una reina! ¿Qué es hoy día una reina? Reinas las hay a montones, hasta en el carnaval. El trato que me dieron fue muy superior; yo en México, permítanme que lo repita, llegué a creerme, a sentirme una divina garza; desde el amanecer hasta la noche profunda yo no hacía sino sentirme la Divina Garza envuelta en huevo.» Allí, la lamentable estudiantilla a quien yo acompañaba, que por lo visto no entendía de formas, acabó por ponerse como una loca; de haber visto la cuenta como la vi yo, no sé si hubiera prolongado el ridículo escandalito que tuvo a bien obsequiarnos como fin de fiesta. Aducía que había sido su hermano quien extendió la invitación, y que él no le perdonaría el incumplimiento de sus instrucciones. Repetía con obstinación que debíamos ser *nosotros* quienes pagáramos la cuenta, que de no ser así no se levantaría de la mesa. «¿Nosotros?», dije para mí, «¡sí, Chucha!, ¿de dónde voy a sacar yo ese dinero?» Fue necesario poner las cosas en su sitio. Con voz enérgica de mando, le grité que se estaba comportando con una patanería inconcebible, que estaba vejando a aquel anciano caballero, a un amigo de México, quien, con el más alto sentido de la hospitalidad, deseaba agasajarnos. Era necesario respetarle su carácter de anfitrión por ser ésa su tierra, y no humillarlo como tan ostensiblemente lo estaba haciendo. De manera que el gran Sacha, quien tal vez sólo por amor al gesto había puesto la mano sobre la cuenta, se vio obligado a sacar los billetitos y a pagar en silencio aquella cuenta bárbara. «Espero tener pronto en México la oportunidad de corresponder a usted y a su hermana como se lo merecen», dije con la cuota de teatralidad necesaria para esas circunstancias, mientras los ojos de Ramona chisporroteaban de tal modo que de haberla tenido cerca me hubiese vuelto chamusquina. Los hermanos no permitieron que los acompañásemos. Nosotros volvimos en taxi al Peras Palace. Me había despedido de mis nuevos amigos con la mayor cordialidad. Con abrazos, con besos, con palmadas en los hombros. Marietta Karapetiz colocó una mano sobre las mías para decirme cuánto había disfrutado de mi conversación. «¡Joven brillante, tiene usted mucho que entregarle al mundo. Póngase a leer a Gogol, le va a encantar; ya hablaremos en otra ocasión. Ahora bástele saber que espero de usted grandísimas cosas. Usted no termina aquí, su mirada me lo está indicando...» Subí al coche conmovido, casi al borde de las lágrimas, lleno de respeto por aquella señora, y más aún de admiración por la prudencia, el ingenio, la osadía, la rapidez de respuesta de las que había dado yo muestras, virtudes a las que atribuía la transformación de aquel erizo en mi amiga y partidaria. ¡Había domado a la divina garza! Y desbancado a Ramona de su posición de única interlocutora para convertirla en lo que le correspondía ser, mera oyente, comparsa. Puesto el coche en movimiento, le pedí al chófer que se detuviera un instante. Me volví a bajar, corrí hacia la pareja de ancianos, le tomé una mano a Marietta Karapetiz y se la besé una, dos, varias veces. Ella me dijo nuevas palabras prodigiosas que fueron como un elixir para mis oídos acostumbrados hasta entonces a oír sólo insultos o estupideces. Comenté después en el coche la inteligencia, la simpatía y, sobre todo, la vitalidad de aquel par de hermanos. Una voz gélida respondió que por fortuna existían personas carentes de edad; su riqueza interior las mantenía siempre jóvenes, lo que jamás ocurriría con los mediocres que proliferaban en este mundo. Resentí el aguijón, pero preferí callarme. Poco antes de llegar al hotel hice un último esfuerzo por restablecer los puentes, exponiéndole con la mayor calma posible por qué, en términos de la más estricta justicia, le correspondía a Sacha pagar la cuenta. Me respondió con un comentario tan desabrido que prefiero no repetirlo. Al llegar al hotel me bajé del coche y entré sin despedirme siquiera. ¡Que se las entendiera con el chófer como pudiera ya que tan disparadora se sentía! A pesar de esas escenas provocadas por una personalidad minúscula entré en mi habitación con un humor magnífico, me tendí en la cama, le agradecí a la vida el haberme deparado una noche como ésa, diferente a todas las que conocía. Había deslumbrado a una mujer fuera de serie, y también a Sacha, Alexander, su santo viejo niño, quien, tal como ella decía, era un dulce, un verdadero amor.

Donde Dante C. de la Estrella vislumbra un pa-
sado de la profesora Karapetiz muy distinto del que
imaginaba, relata las vicisitudes personales que lo
condujeron, con algunas resistencias de su parte,
al Himeneo, y se entera de la agonía y muerte de
Nikolai V. Gogol.

Hubo momentos en que De la Estrella parecía a punto
de perder la voz; jadeaba, arrastraba las palabras en un
murmullo casi inaudible. Otros, en que elevaba el volumen con vulgar desmesura. Ciertos pasajes parecían pro-
yectados en exasperante cámara lenta; luego, sin transición que preparase al auditorio, una urgencia enloquecida
parecía acuciarlo para deshacerse a la mayor brevedad posible de sus recuerdos turcos; las palabras se le encima-
ban, se atropellaban para desbordarse en tumulto como un
río salido de madre. Los Millares, a esas alturas, lo oían
ya con sentimientos muy mezclados. Hasta para los gemelos resultaba evidente que a aquel orate no se le podía
tomar en serio. Ciertos movimientos de irritación, de impaciencia, de desprecio, comenzaron a florecer entre el reducido auditorio, unidos a la natural curiosidad por saber
cómo terminaría aquella historia que paso a paso se precipitaba en lo grotesco. ¿En qué había, pues, consistido, la
vejación sufrida por el licenciado, cuya revelación dila-
taba hasta el enojo? Por razones distintas, los Millares
deseaban que la caída fuera estrepitosa; un castigo ejemplar, más severo aún del que oscuramente presentían. La

obtusa cabeza de carnero seguía inclinada sobre el hombro derecho, la mirada fija, iracunda casi siempre, la gesticulación innecesaria y excesiva. Su intermitente manoteo oscilaba entre la tembladera y el frenesí. Lo mismo ocurría con su discurso. Pasaba de la estridencia a un reflexivo distanciamiento que casi podía calificarse de académico; entonces, los músculos faciales se relajaban y la boca se redondeaba, formando con los labios un círculo delicado del que, por contraste, surgían palabras evocadoras de algo más putrefacto que precioso. Había llegado al inicio de los acontecimientos del segundo día, el último, según había anticipado, de su estadía en Estambul. Por lo mismo, tenían que estar a un paso las explicaciones que llenaran los huecos en cuya existencia parecía voluntariamente recrearse. El desenlace tendría que justificar la variada serie de cargos lanzados desde hacía un buen rato contra los hermanos Vives y, en especial, contra Marietta Karapetiz, acusaciones que alguna gravedad debían de haber tenido para obligarlo a abandonar el país ese mismo día.

Esa mañana, según dijo, había despertado tarde, hundido en una obnubilación casi absoluta, el precio de la desvelada brutal y la excesiva ingestión de vinos y licores de la noche anterior. Le bastó hacer unos cuantos movimientos gimnásticos para que el malestar disminuyera y fuera insensiblemente convirtiéndose en una nunca antes conocida sensación de felicidad. Permaneció un rato bajo la ducha, lo que tuvo el efecto de precisarle con total nitidez su ahí y su ahora. Sí, había traspuesto el umbral de la Sublime Puerta, había dormido su primera noche en la legendaria Estambul, en el confortable cuarto de un hotel famoso, donde asimismo se alojaban su amigo Rodrigo Vives y su hermana, la no tan amigable Ramona del mismo apellido, con quien a esas horas se permitía ser generoso debido a las rotundas victorias, involuntarias debía admitirlo, logradas sobre ella la noche anterior. Comenzaron a aparecer imágenes dispersas de la mujer extraordinaria con quien había cenado y departido en la más regocijante atmósfera, del simpático Alexander, a quien de indistinto modo ella llamaba Sacha, mi niño, Sáchenka, padrecito, mi palomito blanco. Recordó, como a través de una clara bruma, los primeros tanteos del encuentro, los tropiezos, las asperezas iniciales propias, tal vez, del trato con una viuda a quien el destino quizá había tratado con innecesarios rigores. De inmediato se responsabilizó del carácter nada promisorio de aquel despegue torpe que pudo echar a perder una noche inolvidable. Muchos eran los atenuantes que mitigaban cualquier juicio que uno se sintiera tentado a pronunciar. Para empezar, habían hecho esperar hora y media en un local público a una señora cuyo tiempo era precioso; la cual, por otra parte, había asistido con la seguridad de encontrarse con Rodrigo Vives, esa nulidad en ciernes, y no tenía la más puta idea de que debería cenar con un total desconocido y con la insoportable hermana de su amigo. Esas primeras incomodidades se oscurecían hasta casi desvanecerse en la memoria. Resplandecían, en cambio, los momentos radiantes, la maravillosa sonrisa de la dama de mundo; el verbo brillante, sabio y apasionado, de la mujer de letras; su sentido peculiar del humor, refinado y hermético a la vez, ante el que un lego, y él debía considerarse a momentos como tal, tenía que declararse casi perdido, o al menos inseguro, en aquel intrincado laberinto de arabescos verbales. Se preguntó qué prurito le impediría a Marietta Karapetiz declarar su nacionalidad. Si a alguien le interesaba de verdad saberla, podría resultar la cosa más simple enterarse

140

de ella. Ni siquiera había presentado a Sacha por su apellido, pues ya eso podría dar una pista del origen familiar. Pero, en fin, no hay mujer que no tenga sus caprichos, sus veleidades, sus juegos privados, sus fantasías muy personales, y entre gente civilizada era una obligación de principio aprender a respetar esos cotos cerrados de la individualidad.

—Conocer a aquel personaje —declaró— me pareció un golpe extraordinario de suerte, algo que no le acontecía a todo el mundo. Me entretuve repasando algunos de los méritos que advertí en ella la noche anterior. Conocimientos profundos de la historia de Bizancio, elegancia en el vestir, autoridad en el gesto, profundo amor por México. Me repetía todo aquello tratando ilusamente de convencerme a mí mismo. Una pasión por mi país tan vehemente que parecía rayar en el desvarío. No quería quitarme la venda de los ojos; me negaba a reconocer que todo aquello era un espejismo, un falso Edén, una engañosa Fata Morgan, un Olimpo elaborado con materiales de la más burda estofa. ¡No iba a tardar mucho en descubrir la impostura! Bajo la ducha recordé la escarcha de excentricidad que a momentos se desprendía de su conversación; desviaciones caprichosas de lenguaje, expresiones que ninguna señora que se preciara de serlo admitiría en su presencia, soliloquios inarticulados, vendavales de incongruencia y aun de procacidad. Pero ¿qué importaba aquello frente a sus virtudes? Por otra parte una mujer de letras se podía permitir ciertos lujos que alguien como mi hermana o María Inmaculada de la Concepción, mi dilecta esposa, ni siquiera soñarían. A tal grado insistía en engañarme, que llegué a convencerme de que cada vez que detectaba alguna arbitrariedad, incongruencia o vulgaridad flagrante en su lenguaje, se debía a mis limitaciones personales de comprensión. Tan vertiginosa era la rapidez de su mente que a

141

quien por primera vez la oía, le era difícil lograr comprender el contenido: captaba la paja, se le escapaba el grano. Mi abyección no conoció límites. A pesar de la vapuleada que me propinó en más de una ocasión, yo quería mantenerme en una sumisión atroz. Un caso lamentable de autodepreciación. Recordé que la noche anterior había comenzado por portarme muy gallito ante ella, para acabar poco rato después revolcándome a sus pies, suplicándole que continuara el mal trato: «¡Desuéllame, palomita, despedázame, hazme polvo con tus duros y hermosos zapatitos, con tus preciosos tacones de cristal cortado! ¡Devuélveme, madrecita, hecho una piltrafa al lodo miserable del que jamás debí haber salido!» ¡De no creerse! Minutos más tarde, mientras tomaba el desayuno en el restaurante casi vacío del hotel, pude recordar con más claridad las palabras que pronunció de despedida: «¡Joven brillante, usted tiene mucho que entregarle al mundo! ¡Usted no termina aquí, su mirada me lo indica!», expresiones que tuvieron el efecto de enloquecer de celos a Ramona, y, sobre todo, las que me dijo instantes después, cuando me despedí de ella por segunda vez, y que nadie sino yo y quizá Sacha, habíamos oído: «Adivino en usted, hermoso joven, virtudes exquisitas. Usted, amigo mío, es un hombre marcado por la luz. No se abandone, se lo suplico. Sería un crimen contra usted mismo y contra quienes hemos vislumbrado la existencia de sus prestigios potenciales.» Sentí que una corriente tonificante recorría mi cuerpo al volverme a repetir esas palabritas. ¿Díganme ahora si aquel mareo no era explicable? Yo era un muchacho sano, inexperto. Nadie me había dicho cosas semejantes. La gente más bien tendía a considerar mi intelecto con desprecio, a tratarme como un perdulario que se iba abriendo paso en el mundo con malos recursos y un poco de suerte. A pesar de su maldad congénita, Marietta Karapetiz me reveló a mí mismo. Es el único mérito que de verdad le reconozco y le agradezco. Esa mañana, durante el desayuno, estrenaba yo la consciencia de ser un hombre nuevo. Veía mi vida, mi pasado, presente y, sobre todo, el futuro con un enfoque distinto. No abandonaría las leyes; al menos, no del todo. Pero mi mente daría cabida a nuevos intereses. Me consagraría a actividades que hasta el día anterior había considerado propias sólo de maricones y farsantes. Recordé las palabras del viejo guerrero al convertir a su enemigo a la fe de Cristo y me las repetí con la mayor solemnidad: «¡Inclina la cerviz fiero sicambro; quema todo lo que hasta aquí has adorado, y adora lo que hasta aquí has quemado!» También yo estudiaría antropología. Leería con veneración a los gigantes de la antigua Rusia. Aprendería todo lo que pudiera, y más tarde sostendría con ella, mi maestra y benefactora, una nutrida y apasionante correspondencia; le pediría consejo y dirección si acaso me fueran necesarios, le daría reiteradas seguridades de que no había abandonado el camino, o, simplemente, le expondría mis puntos de vista sobre el mundo, la sociedad, las artes. ¡Bendito iluso! Eso era yo, el más monumental pendejo que la historia ha producido. Sin embargo, se lo juro, no me arrepiento de haber cargado esa cruz. Para bien y para mal, ese encuentro me fue decisivo. No para seguir los pasos de la Divina Garza, como entonces creía, sino para llevarla más tarde a la picota, desenmascararla una y mil veces, desnudarla ante los lectores, mostrar que no sólo su vientre estaba marcado por una cicatriz obscena sino también su alma. No esperé a regresar a México; ya en Roma, comencé a prepararme para dar la batalla. Estaba decidido a saber más que ella y rebatirla a fondo. Pero para ello, y son las cosas en que nadie se pone a pensar, necesitaba obtener cierta holgura económica. Sólo con una despreocupación en ese sentido, que, de esto estaba seguro, no me la iban a proporcionar los estudios, podría permitirme dedicar mi tiempo a la investigación. Comencé a trabajar con sistema en varias direcciones. A mi juicio, una rica heredera se presenta siempre como la solución perfecta para muchos de los grandes problemas de la vida. No conozco a nadie, diga lo que diga, que desdeñe el braguetazo. Después, es otra cosa. Se comienza por conocer el precio, luego viene pagarlo. ¡Y ahí quiero verlos, *cari amici!* No es que casarse con una pobretona sea una delicia. No, quizá la solución estribe en saber elegir la rica que a uno le conviene. ¡La sola idea de pasar la vida entera al lado de Ramona Vives me pone los pelos de punta! ¿Y a quién no? No me casé con ella, pero tampoco gané mucho en el cambio, casi podría decir que fue todo lo contrario. Al volver a Roma enamoré a cuatro o cinco niñas de buena familia. En aquellos tiempos, las becas no se ofrecían con la misma facilidad que existe hoy día. Quien iba a Roma, por lo general vivía sostenido por sus padres, es decir, tenía que ser gente con posibilidades. Yo era una de las pocas excepciones. Me convertí en el galán obligado de cuanta joven llegaba. O más bien, lo intenté por un tiempo, sin demasiados resultados, debo confesarlo. Me aburría; siempre acababa por recalar con mi vieja tintorera, echando, claro, una que otra cana al aire con meseras, empleadas, dependientas de comercio, mujeres de verdad, sin pretensiones; maternales, que es lo que el hombre busca cuando vive lejos de su gente. Las otras, las mexicanas, sólo pensaban en salir a bailar por la noche, cenar en restaurantes caros, ir a cines de lujo, tomar el café y helados ya en Rosatti ya en Canova, que eran lugares entonces muy de moda, o, peor, ir a bares de la Via Ve-

144

netto, donde hasta respirar costaba una fortuna. Así que por propia decisión les dejé perder la pista. Valía más un buen plato de fideos, un dólar en el banco y una cama segura, aunque maloliente, que todos los caprichitos de las juniors mexicanas con su ropa interior limpia y las axilas perfumadas. No fue ése el camino. Lo de María de la Concepción se presentó de otra manera. Un día pasó a verme mi amigo, el del Consulado; me dijo que habían llegado unas paisanas mías y que andaban tratando de localizarme. Eran nada menos que las García Rovira, madre e hija, gente de lo mejor de Piedras Negras, a quienes en mi tierra no conocía sino de vista. Alguien les había dicho que estaba viviendo en Roma y que podía serles de utilidad. ¡No sé qué se imaginaban! Quizás, que trabajaba en la Embajada y ganaba millones. Mi amigo me invitó a cenar con ellas, y así comencé a tratar a Concha y a su madre, que resultó ser hija de italianos. Pasarían seis meses en Roma, según dijeron; y luego harían un breve recorrido por algunas otras ciudades antes de volver a México. Vivían en casa de la familia de la madre, porque pagar un hotel, alquilar un departamento, era una idea que ni de broma les pasaba por la cabeza. Nadie en esa familia me resultó simpático, ni los parientes italianos, ni María de la Concepción, ni su madre. Pero se comía bien en esa casa, y mis paisanas podían ser a veces desprendidas, todo dependía del humor en que las encontrara uno. Comenzaron a invitarme al cine, para que les tradujera las películas; luego a ir acá y allá, también por interés, pues no sabían moverse sin intérprete. Cuando me di cuenta, estaba saliendo sólo con Concha, ya sin la tutela maternal. Una muchacha que a esa edad ha decidido perder todo control sobre su peso suele tener algunas rarezas. Por ejemplo, debíamos llamarla Concepción, o María de la Concepción,

145

y nunca Concha como la conocía todo Piedras Negras, porque le habían dicho que fuera de México esa palabra atentaba contra la decencia. Uno podría haber pensado que hasta el macho de mente más lasciva podía llamarla Concha, Conchita, Conchón, y que con sólo verla se le evaporaría cualquier sentimiento voluptuoso, pero no era ése el caso, ¡qué va! ¡No lo era para nada! Pasábamos a veces por una librería de la Plaza Colonna, me detenía frente a las vitrinas y suspiraba con ostentación. Ella suspiraba conmigo y me decía: «Por cierto, Dante, te agradecería un consejo, tú que todo lo sabes. Tengo que regalarle algo a uno de mis primos, es como de tu edad, y la verdad no sé qué darle. Le gustan los libros, al menos ésa es mi impresión. ¿Qué le comprarías si estuvieras en mi caso?» Yo le daba un título y le mostraba el ejemplar una y otra vez hasta que la portada se le grababa en la memoria, pues ya desde entonces era de comprensión muy lenta, y al día siguiente tenía en mi cuarto el libro envuelto en papel de regalo. Procuré desde luego que fueran ediciones de calidad. ¿No decía que quería quedar bien con el regalo? En la segunda o tercera vez se cuidó de añadir, después de la pregunta «¿qué le regalarías si estuvieras en mi caso?», la especificación «que no fuera demasiado caro». Lenta de entendederas, sí, pero en astucia no le ganaba nadie. Un día la hice detenerse frente a una zapatería, y le repetí el discursito que tantas veces le había oído al cuate del Consulado, y concluí, igual que él: «El hombre elegante necesita para ciertas ocasiones estar calzado con zapatos ingleses; pero no basta que sean ingleses, sino que deben ser de tal o cual marca según la hora del día. Un caballero que se precie de vestir como es debido ha de incluir en su guardarropa por lo menos un par de zapatos Church. Escribo ahora, por cierto, un ensayito sobre la influencia del vestido y el calzado en la vida social de las naciones. Un tema apasionante, no tienes idea. Lo que me jode es escribir sólo de memoria, ¿qué otra cosa puedo hacer?» Y un par de días después en la portería de mi edificio me dijeron que el hipopótamo de costumbre, ¡así son de directos los romanos!, había dejado un paquete para mí. Me latió el corazón. Estaba seguro de que María de la Concepción no iba a fallarme. Al ver las dimensiones del paquete la ilusión se desinfló. Me obligué casi a abrirlo ya sin la menor gana. Era un libro en rústica sobre la historia del calzado. No me pongan por favor esa cara. No voy a atosigarlos con la historia de mi noviazgo y mucho menos con las tribulaciones de mi vida matrimonial. Son asuntos muy privados; sagrados, diría yo. Hay quienes opinan, la mayoría por cierto de quienes tienen que tratarla, que es una mujer repulsiva, avara hasta la sordidez, una verdadera arpía. Me importa un bledo que piensen que me he convertido en un insignificante empleado a su servicio, que gano menos que su chófer. Yo los dejo hablar, me doy por satisfecho de haber llevado a buen recaudo la urbanización de sus terrenos en Cuernavaca, la construcción y venta de las casas, y de haber contribuido a acrecentar el patrimonio de su hija. Yo tengo mi historia y el mundo la suya. Se burlan de su mal carácter, de sus carnes, ¡ay, de una abundancia que raya, ya no en lo grotesco como entonces, sino en lo titánico! ¡Que lo hagan! Nada ganarán con eso. Cuando la conocí era una joven, digamos, rechoncha; quiso superarse, doblarse, triplicarse; hay a quienes les da por eso, ¡muy su gusto! Si no le agradara verse como una ballena que se acababa de tragar a otra ballena se habría sometido a un régimen, a algún tratamiento. ¿Por qué preocuparse entonces de lo que a ella la deja indiferente? Repito, no he sacado a colación este tema para escarnecerla, ni para quejarme de la roñosidad con que me trata, sino para destacar la influencia que tuvieron los acontecimientos de Estambul en mi vida ulterior. Gracias a la generosidad que en aquel tiempo simulaba Concepción, comencé a formarme una bibliotequita; me hice, por ejemplo, de las obras completas de Gogol, de una biografía sobre él, y de uno que otro libro sobre literatura rusa. Le había puesto como condición para aceptar sus regalos que ambos leyéramos esos libros. Más de una vez le había oído decir que la lectura constituía su mayor interés, que desde niña había leído una barbaridad. Yo le pasaba un libro y ella me lo devolvía al día siguiente, o, a más tardar, dos días después. Juraba y perjuraba que lo había leído, y que todo en esa obra le había parecido precioso; sí, le había encantado su lectura, me decía con ojos bajos y voz de mosca muerta como si estuviera frente a su confesor. Me imagino que leía las solapas, quizás una que otra página, porque de vez en cuando algo atinaba, pero aun en esos casos daba la impresión de ser sólo el burro que tocó la flauta. Sin advertirlo casi me fui preocupando de su educación. Quería hacerla partícipe de mi introducción a la literatura. Le hablaba de mi autor preferido, le relataba la trama de sus novelas, de sus cuentos y comedias. Le comentaba lo que sobre él se escribía en los tratados de literatura rusa. Ella caminaba a mi lado, silenciosa y con los ojos bajos, y sólo los levantaba cuando pasábamos al lado de algún almacén de comestibles, ante cuyas vitrinas parecía resucitar. «Pobrecita», pensaba yo, «no ha podido tener una buena educación, pero yo le haré adquirirla. En la vida de una mujer eso es todavía más importante que en la de un hombre». Uno de los libros que le presté, ¡y ya se imaginarán cómo me interesaba su opinión!, fue *Relatos de Migorod,* de Gogol. Uno de ellos tenía para mí especial importancia, «Terratenientes de antaño», que Marietta Karapetiz había examinado durante mi encuentro con ella, y sobre el que escribí mi primer artículo, refutándola. Resultó lo de siempre. Me lo devolvió al día siguiente con la misma inexpresividad que de costumbre, diciendo lo mismito, que sí, que muy bonito, que una maravilla, una cosa especial de tan preciosa, con la cara maciza y obtusa de quien nunca ha soñado más que con piernas de jamón serrano y pato al horno. Le pregunté si me lo decía de verdad o sólo por cumplir, y ella, sin mover una ceja, respondió que le había gustado, claro, mucho le había gustado, cantidades, y cuando le pregunté de qué trataba me dijo que de rusos de otra época, de antaño como su nombre lo indicaba, de su vida, su religión y toda esas cosas. Ese día me sentí más que harto; sobre cualquier otro libro me hubiera dado igual lo que dijera, pero no sobre ése. La seguí punzando. De rusos, claro, eso era obvio, ya que el autor era un ruso, pero ¿de qué trataba? Con cerril empecinamiento volvió a repetirme que de las costumbres de otro tiempo, o sea las de antaño, de las religiones que se usaban entonces y otras imbecilidades por el estilo. Y ante la insistencia de que me explicara cuáles eran esas costumbres y esas religiones, contestó de muy mal modo que ya era hora de que me enterara de que desde que tenía uso de razón no había parado de leer, pero que no tenía memoria para repetir palabra por palabra; leía para entretenerse e ilustrarse y no para recitarlo todo al pie de la letra, que si creía yo que era un loro estaba muy equivocado. Se dio la vuelta y regresó sola a su casa, y esa noche tuve yo que pagarme la cena. No terminó allí la historia de María de la Concepción y los terratenientes de antaño, sino que meses después se produjo en México una secuencia que definió ya

149

para siempre la tónica de nuestras relaciones. Para eso
habían ocurrido algunos acontecimientos de trascendenta
importancia, no para los destinos de la humanidad pero s
para el mío propio. Me habían casado con María Inmaculada de la Concepción, como para esas alturas dio en lla
marse, pues María de la Concepción le parecía ya poca
cosa. Me defendí como pude. Sabía que no sólo a mí me
había obsequiado de vez en cuando algún librito. Resultó
público y notorio que en el edificio donde vivían sus tíos
y en sus alrededores mantenía una amplia y tupida red de
amistades a quienes beneficiaba con sus dádivas. Eugenia
una de sus primas, su confidente, se encargó de informar
me que a un chófer de taxi le había regalado camisas y
corbatas; a un peluquero, botellas de coñac y de vino de
alto precio; al empleado de una cafetería, un reloj Haste
al mesero de la trattoria de la esquina, bastante modesta
por cierto, camisas, zapatos, una chaqueta de gamuza y
un traje de baño, así como, en más de una ocasión, dinero contante y sonante, igual que al ayudante del carnicero
de enfrente. ¡Y a mí me había escatimado la hija de ta
por cual un par de zapatos! La madre y los otros parien
tes se dieron cuenta, por supuesto, de que aquellos gaña
nes que vivían con una mano por delante y otra atrás no
sólo no tenían nada que ofrecerle a una muchacha en si
tuación comprometida, fuera de sus ojos brillantes y sus
largas pestañas, sino que era casi seguro que de entregar
aquella gorda tan propensa a los deleites de la carne a al
guno de ellos, se la bailarían como les diera la gana, y
que dentro de poco serían ellos los que anduvieran muy
prendiditos, con pisacorbatas de rubíes, mientras la otra
tendría que cubrir su extensa carrocería con una mano re
gordeta por delante y la otra en el trasero. Yo les asegu
raba, en cambio, un título universitario y una personali

150

dad más controlable por el simple hecho de ser mexicano y tener aspiraciones de progresar en mi carrera. Comenzaron por ofrecerme el oro y el moro, y, claro, me dejé embaucar de la manera más bellaca. Me hicieron viajar a México, ¡adiós, doctorado mío!, y ellas zarparon en el siguiente barco, pues no sé qué convenciones querían aún salvar al llegar a Veracruz, donde las esperaría el resto de su familia. Ya en México, y después de nuevas discusiones con los parientes, dos tíos y varios hermanos, de amenazarlos con renunciar a esa boda por considerar que no se cumplían las promesas hechas en Roma, acabé, casi por hastío, por firmar cuanto papel me pusieron enfrente y seguir adelante. En los días que precedieron a la marcha nupcial, la encontraba como mejorada de carácter, más comunicativa a la vez que menos segura de sí misma, que en su caso quería decir menos obtusa. Dedicaba su tiempo a retocar la casita en que viviríamos en la Colonia Roma. Tanta humildad, tan buena disposición, me llevaron a transigir con la familia. Ya no le preguntaba demasiado por sus lecturas, más bien me dedicaba a comentarle las mías, impartiéndole algunas leccioncitas bien dosificadas para enriquecerle en lo posible la sesera. Entre otras cosas, le señalé la importancia que en el cuento de los terratenientes tenían los juegos paródicos con que mataban sus horas vacías, que eran todas, Afanasi Ivanov y Puljeria Ivanovna. Ella a todo asentía. No me cabe la menor duda de que su madre y sus hermanos la tenían al corriente de mis reparos, de lo que les había dicho sobre las relaciones sostenidas con carniceros, chóferes y camareros en Roma, pagadas con dinero y obsequios costosos, sobre una paternidad que se podía considerar multitudinaria, sobre mis exigencias de que el matrimonio se celebrara en régimen de comunidad de bienes, y de que fuera

151

yo quien administrara el capital. Parecía tomarlo todo con
la mayor naturalidad, como si tales fueran las reglas del
juego y no pudiera yo dejar de actuar de esa manera. Cada
vez que llegábamos a un punto espinoso, ella cambiaba la
conversación y me pedía que le contara los juegos con que
se divertían los dos ancianos rusos en el cuento de Gogol,
y entonces yo repetía con voz de viejo decrépito los argumentos de Afanasi Ivanov para irse a la guerra y convertirse en héroe nacional, tan sólo para inquietar a su
pobre esposa, quien comenzaba por seguirle la broma y
terminaba por asustarse de verdad. María Inmaculada de
la Concepción me celebraba con aplausos y sonoras riso-
tadas mi actuación en el papel de viejo, sobre todo cuando disertaba sobre la necesidad de divorciarme de mi vieja
compañera para buscar una mujer más joven. En ese ca-
pítulo, me permitiré explicar, los ancianitos entre burlas
y veras se reprochaban uno a otro sus achaques de vejez,
y de cuando en cuando se sacaban algún trapito al sol,
para terminar poco rato después delirando de común amor
conyugal. Poco a poco, ella comenzó a desempeñar el papel
de Puljeria Ivanovna, lo que a la postre me encaminó a
cometer un error fatal. Consciente de que ella, por timi-
dez, quizá por vergüenza al contemplar la rapidez con que
su ya de por sí voluminoso vientre iba creciendo, no lograba explayarse conmigo como tal vez hubiera sido necesario, inventé juegos semejantes a los del cuento de Gogol,
en que ambos, sin representar ya a los viejos terratenientes, pero sin ser tampoco por completo nosotros mismos,
sino sólo en abstracto una mujer inmensamente gorda y
un joven intelectual de brillante porvenir, nos permitía-
mos decir ciertas verdades que por decoro elemental no
hubiésemos podido ventilar de otra manera, lo que nos ayu-
daba a aligerar nuestra ingrata situación, es decir servían

como válvula de escape a la terrible tensión que tuvimos que soportar hasta el día de la boda, día memorable por lo aciago. Sí, en nuestras comedias improvisadas yo la reprendía con palabras más bien gruesas por la lujuria que se apoderó de ella al conocer a los muchachos de Roma, esa incontinencia de los sentidos que ni siquiera perdonó a este servidor cuando sólo deseaba servirla como amigo y refinarle un poco el gusto. Le señalaba los riesgos que una mujer tan poco agraciada por la naturaleza podía correr al caer en manos inescrupulosas. Y ella, con su zafio sentido del humor, me respondía que manos más inescrupulosas que las mías no había conocido en su vida, pero que ya llegaría el momento en que la horrible gordinflona se convirtiera en una sílfide de belleza portentosa. Tenía yo que darle muchos besos ardientes para librarla del sortilegio al que la había condenado una bruja mala y celosa desde el momento mismo de su nacimiento. Hacíamos nuestra comedia, nos relajábamos, nos reíamos de nuestra propia chabacanería, y luego me invitaba a cenar al Bellinghousen, o, más bien, a verla cenar, porque yo comía lo normal y el resto del tiempo lo ocupaba en contemplar su gula desmedida. Esa era nuestra vida hasta que al fin se presentó el gran día. ¡La boda, sí señores! La fiesta se celebró en casa de unos tíos de mi mujer. No sé quién me hizo el maldito favor de invitar a mi hermana Blanca. ¡Sepa el diablo dónde consiguieron su dirección, pues ni yo mismo la sabía para esas fechas! Su presencia inesperada, la grosería con que me trató delante de mi familia política y de los demás invitados, me produjo tal tensión, que estoy seguro de que si me hubieran puesto un trozo de madera en la boca lo hubiera triturado en un instante a dentelladas. ¡Piensen nomás en el aspecto de la novia, a quien los meses de embarazo habían enriquecido de

153

manera portentosa, obstinada en presentarse de vestido blanco, velito de tul, corona de azahares, y podrán tener un cuadro visual de la celebración! Por todas partes descubría miradas furtivas y maliciosas, gestos de mofa, risitas, ¿qué digo?, ¡carcajadas!, que nadie se preocupaba en disimular. Mis cuñados me palmeaban los hombros, la espalda, haciendo las bromas más procaces que pueda uno imaginar sobre mis relaciones con su propia hermana. Yo era, además, consciente del despojo del que me habían hecho víctima; el único derecho sobre los bienes que al final me habían concedido era el de administración, y eso con tantas supervisiones y controles, que más que gerente resultaba un modesto empleadillo de mi mujer, pero sin sueldo. A todo esto atribuyo que ese día las copas me hayan hecho añicos. La pésima calidad de las bebidas logró el resto. Al poco rato de casado me cargaba una curda de espanto. Comencé a actuar, a hacer las acostumbradas monerías ante mi cónyuge, representando escenas semejantes a las de los juguetes cómicos que tanto nos habían deleitado los días anteriores. Saqué del pecho mi voz más teatral, un tono que andaba entre el estruendo y la quejumbre, di unas cuantas pataditas en el suelo y me planté ante ella, que devoraba en ese momento un majestuoso trozo del pastel de bodas. Sin más, le dije: «¡No, no y no, doña María Inmaculada de la Concepción del Caño Abierto! Llegó ya la hora de decirle lo harto que me tiene usted con estos papelones ridículos que me hace pasar ante el mundo. Le aseguro que a la primera oportunidad yo me divorcio. Sólo espero que usted, *oh, sole mio!*, para a su retoño romano, lo que me imagino será ya de un día para otro, y corro a buscarme a una mujer delgada, una arañita, una espinita y no tamaña gigante ordinaria como usted.» Era un juego, ella lo sabía. Todos los días repetíamos escenas por el estilo, con palabras muchísimo más fuertes, y nos retorcíamos de la risa. Pero no contaba yo con la presión psicológica que puede ejercer el medio. Sus familiares, los invitados, se quedaron helados de estupor, creyendo estúpidamente que hablaba yo en serio. Mi suegra corrió a abrazar al esperpento prohijado en sus entrañas. Todo eso debió haberla asustado, y una persona con miedo, sobre todo si es mujer, se vuelve imprevisible. María Inmaculada de la Concepción se sacudió a su madre de encima y se lanzó contra mí como una tromba, me abofeteó, me tiró al suelo y me pateó con saña criminal. Cubriéndome de los golpes, comencé a gritarle: «¡Vuelve en ti, María Inmaculada! ¡Piensa en la criatura que llevas en tu vientre! ¡No la pierdas!» Me dejó sangrante como un Cristo, bajo el aplauso y las nutridas carcajadas de los presentes, incluida desde luego mi hermanita, que la incitaba a no dejarme hueso sano. Ese desenfreno de la recién casada definió para siempre la tónica de nuestra vida conyugal. Eso sí, todas las noches tenía que comérmela a besos y hacerle sus cosquillas para ver si deshacíamos el hechizo de la brujita mala y volvía a convertirse en la sílfide que en esencia era. También esto, me dije, debo ponerlo en la cuenta de Marietta Karapetiz, quien me incitó a leer ese relato del que recibí tan pavorosas sugerencias.

—¿Y desde entonces vive usted separado de su señora?

—Ese es un asunto, y me perdonará la franqueza, doña Amelia, que no considero correcto discutir en público. Sería como aprovecharme de la ausencia de mi mujer para hablar mal de ella a sus espaldas. Enzarzarnos en mi tragedia matrimonial significaría alejarnos del tema que he comenzado a esbozar, el del viaje a Turquía, la vejación de la que fui víctima a manos de los enemigos de mi alma, así como algunas de sus consecuencias ulteriores. Demos

155

fin al paréntesis nupcial y volvamos a los hechos que nos ocupan. Al terminar el desayuno esa mañana, consideré oportuno saludar a Rodrigo Vives, e informarme sobre su salud. Telefoneé desde la recepción. Le oí la voz aún muy estrangulada, quizá más que la tarde anterior. Decía no haber dormido del todo mal, pero que, sin embargo, había amanecido aún con algo de fiebre. Por la mañana había pasado el médico y le había aconsejado permanecer en cama un par de días más. ¡Una joda! ¿Qué podía hacerse? Me pidió que pasara a su cuarto a conversar un rato. Subí de inmediato. Entre otras cosas me interesaba saber cómo arreglaríamos las cuestiones de dinero mientras él seguía en cama. ¿Podía yo acaso considerarme un invitado si él se obstinaba en quedarse en su cuarto todo el tiempo? No quería tener nuevas dificultades con su hermana a la hora de pagar las cuentas, por eso se me ocurrió que fijásemos una cantidad fija por día, la gastase o no. Me libraría del bochorno de tener que depender de Ramona. En fin, cuando entré en su habitación casi me espanté. Había bastado un día de fiebre para chuparle las carnes y sacarle una expresión cadavérica que era como para espantar. Me impresionaron sobre todo los ojos. Parecían mal colocados, marcadamente disímiles, asimétricos, tanto que después resultó difícil decidir si estaban muy hundidos o si, por el contrario, demasiado brotados, lo único que recuerdo es que algo anómalo había en ellos. La mirada podía tener un brillo insólito y pasar sin transición a una opacidad total. Lo mismo sucedía con su conversación. Tenía momentos de excitación en que parecía que lo animaba una corriente eléctrica y hablaba como si le hubieran abierto un grifo por donde se le escapaban todas las palabras que puede almacenar el organismo humano, haciendo a menudo ininteligible su discurso. Luego, comenzaba de golpe

156

a perder toda energía. Se detenía en cada vocal, con lo que cada palabra, no digamos ya cada frase, se volvían interminables, hasta que las fuerzas se le escapaban por completo; quedaba postrado, pero sólo por unos minutos y volvía a recomenzar. Le pregunté por Ramona. ¿No sería conveniente llamarla? Me respondió que había pasado a verlo muy temprano, que habían desayunado juntos. «Va a dedicar la mañana a hacer algunas compras. Quiere ver vestidos, zapatos, piedras, todo lo que les interesa a las viejas. ¡Mejor! Después ya no dará lata. Hace un momento me telefoneó la viuda de Karapetiz. ¡Lástima no haber salido anoche con ustedes!» Y entonces le hablé de la revelación que había sido para mí conocer a aquella mujer tonificante y sapientísima. Le hice la mejor sinopsis que pude de sus comentarios sobre el presente y el pasado de Estambul, de Gogol y los escritores rusos, y, por supuesto, de sus viajes por México. Añadí que al final se nos había unido Sacha, su hermano. «¿El masajista?», preguntó. «No lo conozco personalmente. Alguna vez se lo he oído mencionar a Marietta. Participó de joven en ciertos ritos que me interesa estudiar.» «Todo un personaje», añadí; «según nos dijo, la acompañó en uno de sus primeros viajes a México. ¡Un hombre sumamente distinguido!» Y a partir de ese momento se inició un diálogo de sordos. Yo no entendía nada, y lo atribuía al estado febril de Rodrigo Vives. «Creo», dijo, «que en su profesión es un mago. Se hizo de gran prestigio en Funchal, en Cascais, en Estoril, esos lugares floridos donde se exiliaban los reyes. Sólo así pudo Aram Karapetiz perseverar en sus estudios. ¡Vaya tiempos difíciles! Su mujer y su cuñado se entretenían en azotar los cuerpos de a saber qué cantidad de monstruos sagrados mientras él, como una sabia hormiga, ordenaba día y noche los millares de fichas que requerían sus ensayos».

«¿A qué mujer te refieres?, no entiendo de quién me hablas.» «¡A Marietta Karapetiz! ¿De quién si no estamos hablando? Hizo de todo, modelo de alta costura, masajista, no sé qué más. Dicen que en sus tiempos fue un verdadero cuero. La guerra le pegó muy duro a esa gente. Pero, por lo visto, no les faltó imaginación.» Me sentía, como tantas veces durante ese par de días, por completo perdido. Volví a insistir: «No comprendo de quién me hablas.» No me hizo caso. Se quedó un rato como adormilado; luego continuó: «Sí, una mujer notable. ¿Te la imaginas? ¡Pasarse el día entero sobándole los huevos a uno que otro cabrón y llegar por la noche a ayudar al marido bajo una mala luz, una humedad de los mil demonios en el cuarto, diccionarios insuficientes, hasta falta de tinta, a traducir oscuros textos chechenes o daguestanos! Parece que ahora le va bien, ¿no? Disfruta sus cursos, vive sin problemas.» Hoy día, y ustedes lo saben muy bien, es posible hablar de cualquier profesión, hasta de las más riesgosas, con bastante desparpajo, lo que no ocurría hace veinticinco años en que los criterios eran aún bastante estrechos. La profesión de masajista no se incluía, que yo sepa, en la lista de actividades aceptables para una señora. Es difícil, no me lo van a negar, asociar a una catedrática con una hembra que se pasa varias horas al día en los baños de vapor rodeada por un enjambre de hombres desnudos. «¿Cómo se te ha ocurrido pensar que era masajista? ¿De dónde sacaste esa estupidez?», le pregunté con voz que imagino trémula. Todos los elogios que aquella mujer me había dedicado la noche anterior se hicieron de repente añicos. Dichos por una profesora universitaria tenían un valor específico, emitidos por una masajista acostumbrada a halagar del modo más desvergonzado a su clientela entre tufos de jabón y sudores diversos no sólo perdían su prestigio sino que acababan por convertirse en una broma cruel. «Me lo dijo ella misma», me respondió el moribundo, «¿por qué?, ¿de dónde acá tanto interés?» «Por nada, pero me imagino que te quiso tomar el pelo», insistí, tratando de asirme con desesperación a la utopía, «a esa mujer lo que le sobra es fantasía; anoche pude darme cuenta.» «Sí, tal vez», murmuró, desganado, y cerró los ojos. Parecía ya aburrido en esa fase de la conversación.

—¿Y ya no volvió usted a ver a Marietta Karapetiz? —preguntó Juan Ramón, exasperado por tantas digresiones y circunloquios.

—¡Ojalá así hubiera sido! Sin embargo, está a punto de aparecer, joven amigo. Si a la A no siguiera la B, y a la B la C, el hombre no habría salido aún de las cavernas —dijo sentenciosamente De la Estrella, formando una vez más con los labios un círculo perfecto—. Decidí dejar descansar a Rodrigo y salir a dar una vuelta por la ciudad. No había encontrado el momento propicio para tratar el asunto que más me interesaba, la definición de mi calidad de invitado. La revelación de las actividades físicas de Marietta y Alexander me lo impidió. Estaba por abrir la puerta para retirarme cuando oí a mis espaldas la voz mortecina de Vives: «A propósito, ¿qué ocurrió anoche en el restaurante?, ¿algún contratiempo?» ¡Cosas de Mamona!, me dije. Volví a acercarme a la cama y con el tono más casual del mundo le aclaré lo ocurrido: «Nada serio, Rodrigo, nada que pueda llamarse serio. Llegamos al restaurante con un retraso escandaloso. No sé si te lo contó tu hermana. La señora Karapetiz estaba un poco desorientada por esa tardanza, tal vez en un principio hasta resentida con nosotros, pero por suerte, todo se aclaró. Fue una noche feliz; quedamos en los mejores términos.» Tuve ganas de recitarle las frases que Marietta Karapetiz me dijo al despedirse a pesar de la devaluación que acababan de sufrir al enterarme de aquel factor innoble que existía en su pasado, y que jamás hubiera imaginado. Pero pensé que habría ocasión más propicia para hacerlo. Me respondió que estaba muy fatigado, que iba a dormir un poco, aunque añadió con incoherencia que quería leer el periódico y que pasara a verlo a las tres de la tarde. Tengo la impresión de que ni siquiera se enteró de mi respuesta sobre la noche anterior. Subí a mi cuarto en busca del folleto turístico que había tomado de la recepción esa mañana. Podía comenzar por Santa Sofía, y, si aún quedaba tiempo, ver las dos mezquitas cercanas, comer un bocadillo en cualquier sitio, pagándolo, ¡claro!, con mi dinero, porque así me iba resultando aquella invitación, y estar de vuelta en el hotel a primeras horas de la tarde. No hice nada de eso. Me tendí en la cama y me quedé dormido. Me despabilé con grandes esfuerzos. Bajé otra vez al restaurante, comí un poco de fruta y tomé un café asqueroso. Di una vuelta a la manzana porque necesitaba aire. No pude concentrarme en nada de lo que veía. Comencé a sentirme inquieto, un tanto angustiado, lleno de malos pensamientos. Por primera vez me preocupó la inquina de Ramona. ¿Qué la había motivado? ¿Por qué se manifestaba con tanta virulencia? El estrépito que subía de la calle, de algún modo potenciaba mi sentimiento de soledad. Mi individualidad trataba de imponerse ante aquella inmensa variedad de ruidos y voces que se expresaban en otras lenguas. Me fui sintiendo más y más deprimido. A las tres y media entré en el cuarto de Rodrigo con paso indeciso y ánimo poco claro. Allí estaban las dos mujeres. Cada una sentada a un lado de la cama. Había un gran ramo de rosas en una mesita y otro de claveles blancos en el tocador. Apenas entrar yo, se hizo un silencio sepul-

160

cral, sin que nadie se molestara siquiera en disimularlo. Hice acopio de sangre fría, estreché manos, besé las mejillas de ambas mujeres, y le dije algo a Rodrigo sobre la mejoría de su aspecto, indudable influencia de aquellas flores y de sus distinguidas portadoras. Una mentira piadosa, porque Rodrigo tenía un aspecto fatal. Un hechizo ejercía la Karapetiz sobre los demás, eso es seguro. Todo mi rencor desapareció al verla; es más, ni siquiera recordé las confidencias hechas por Rodrigo sobre su pasado. Le agradecí sus palabras de apoyo de la noche anterior: «Señora, me ha inflamado usted de un deseo de superación. Siento que mis esfuerzos tienen un sentido. Comenzaré por donde usted me lo indique. ¿Quiere que lea a Gogol? ¡Lo haré! Me tiene usted de antemano convertido a su fe. ¿Siente usted ya en mí al discípulo en ciernes? Créame, no veo el momento en que caigan en mis manos los libros necesarios para alcanzar la luz.» Mi entusiasmo, que era real, estuvo a punto de constiparse al oír una risita maligna de Rodrigo, quien trató de enmascararla, transformándola en un acceso de tos, así como un pútrido chillido de Ramona: «¡Los bárbaros, Francia, los bárbaros, cara Lutecia!», que declamó con patetismo grandilocuente y ofensivo. A continuación, añadió: «¿Qué te parece, Marietta, si dejamos dormir un rato a Rodrigo; ya ha tomado su cápsula y necesita reposo.» «Tienes toda la razón del mundo. Esta oscura golondrina, que en días más felices tuvo la dicha de volar sobre las majestuosas cordilleras mexicanas, se despide de ustedes. ¿Te parece, Ramona, que mande esta tarde los papeles?», y se respondió a sí misma: «No, le enviaré algo más ligero y entretenido por si al anochecer le viene gana de leer un rato.» «Me pongo a la disposición de las señoras», me ofrecí, sin saber de qué hablaban. «Se lo agradezco, De la Estrella, pero no es necesario.» Advertí que Ramona me había suspendido el tuteo, lo que significaba un nuevo paso en nuestro distanciamiento. «Acompañaré a la profesora Karapetiz a su casa para recoger algunos libros», y volvió a darme tajantemente las gracias. La especialista en Gogol agregó: «Ha llegado la hora de que reposen los varones y las absurdas mujercitas nos pongamos en movimiento.» Con los labios, Marietta Karapetiz me indicaba que no era necesario acompañarlas, pero los ojos la desmentían; un guiño casi imperceptible, cierto suave desmayo en la mirada, un tenue temblor de los labios, me hicieron reconocer una imploración a seguirlas. Me asaltó la sospecha de que la presión psíquica que sentí ejercer sobre mí no tuviera otro objetivo que no fuera llevarla en taxi y ahorrarle así el transporte a su casa. Sospecha que ni siquiera pretendí combatir. Pensé que si había que pagar algo tendría que ser Ramona quien lo hiciera, e insistí: «¡No faltaba más! ¡Por supuesto que iré con ustedes! No me parece apropiado que dos señoras tan guapas anden solas a estas horas por la calle. El mismo folleto turístico insiste en que una mujer debe tomar aquí precauciones que en cualquier otra ciudad serían innecesarias.» Me puse de pie. Desde que salimos de la habitación de Rodrigo adoptamos actitudes que mucho tenían de absurdo. Ellas, empeñadas en ir solas, y yo, firme en mis posiciones, sin hacerles caso, sin oírlas siquiera. Cruzamos de esa manera la recepción, atravesamos el portón del hotel y cuando nos dimos cuenta estábamos en la calle. Un gran coche azul se detuvo a nuestro lado. Un chófer uniformado saltó, corrió alrededor del auto a velocidad impresionante y abrió una portezuela trasera por donde subió Marietta. Con igual prisa, corrió en sentido inverso para abrir la puerta de la izquierda, por la que, casi en medio de una crisis de histeria, entró Ramona. Yo no requerí de ayuda alguna. Abrí por mí mismo la puerta delantera y tomé asiento junto al chófer. Omar, según me enteré después, era su nombre. Les gustara o no, ya las mujeres no podían hacer nada, salvo obligarme a bajar por la fuerza, y no creí que se atrevieran, como los hechos, en efecto, lo demostraron. Sentí que le debía a la propietaria del auto una excusa por haber vuelto a prejuzgarla. La culpa la tenía el medio ramplón en que me había movido. Juzgaba a todas las mujeres con el rasero que aplicaría a mi hermana. ¡Pensar que había sospechado que aquella señora solicitaba compañía sólo por ahorrarse el transporte! Aquella mujer se hallaba por encima de todas esas mezquindades que a diestra y siniestra me empeñaba en atribuirle. Volví la cabeza hacia ella lleno de respeto. Le abrí mi corazón; quería ser, a como diera lugar, su discípulo. Juré que ya me consideraba uno de ellos, que deseaba superarme, saber, conocerlo todo. «De niño», le dije, «fui consciente una vez de que un dedo superior me señalaba cumplir altos designios. Lamentablemente, señora, me he formado solo, me he movido en atmósferas poco o nada propicias al espíritu; mi mente ha tenido que codearse con otras de inenarrable grosería. Anoche, sin embargo, al llegar al hotel, percibí que algo nuevo comenzaba a germinar en mi interior, una necesidad, una sed, por así decirlo, de comenzar desde el principio.» Me sorprendió que acogiera tan sinceras palabras con una alegre carcajada, a la que añadió: «Gracias, mi fino amigo, por sus magníficas rosas.» Como siempre, aquella mujer tenía la virtud de agarrarme fuera de base. ¿Debí haberle enviado un ramo de flores esa mañana? ¿O era ésa la manera habitual de agradecer los elogios que se le tributaban? ¡Una de tantas cosas que me quedé sin saber! Tartamudeé no sé qué torpe excusa mientras las dos mujeres emitieron unas risitas a mi parecer bastante venenosas. Empecé por decir algo sobre el paisaje de Estambul y no me salió nada aceptable; sobre la vida en los hoteles cosmopolitas, y ahí tampoco logré dar pie con bola; comenté que esa mañana había leído en la prensa un artículo médico que me había impresionado, pero que después de mi siesta no logré, por más esfuerzos que hice, recordar de qué trataba. Como se ve, aquél no era mi día. Por eso cambié de registro, me despojé de máscaras, le imploré con toda la sinceridad de que fui capaz, con auténtica desesperación: «¡Ayúdeme, profesora, a salir adelante! ¡Enséñeme a gozar de los placeres del proselitismo! ¡Indíqueme, se lo imploro, qué debo leer, qué método seguir! ¡Haga el favor de explicármelo! ¡En mí encontrará un trozo maleable de plastilina, o de cera si le parece mejor, para que usted lo modele a su santo arbitrio!» «¡Los cursis, señora, los cursis, cara Lutecia!», fue la nueva contribución de mi compatriota. «Estaba pensando en Gogol», dijo Marietta Karapetiz, con aire distante, como si hablara desde un sueño. «Preparo mi ponencia para el Congreso de Verona. El drama de Gogol derivó, entre otras razones, de no saber detectar qué fuerzas se movían en su sociedad. Suena esto a sociología, espero que no lo sea. El sabía que esas fuerzas existían, es más, creyó poderlas manejar a su antojo. Al descubrir que no le era posible, fue tal su asombro, que una parte de sus facultades se perdió para siempre. ¡Pobre maravilloso hombre genial! ¡El clásico pararrayos celeste! Transmitía visiones cuya procedencia desconocía, y que, como es lógico, atribuía a un trato personal con que la Divinidad lo privilegiaba. Expresó una auténtica verdad interior, la escribió con confianza, sin concesiones. Se fue fiel, quizá hasta en el desvarío final. Fue fiel a su alma, pero tal vez no siempre a su

164

cuerpo, si es que puede establecerse esa dicotomía. Poco sabemos de sus necesidades en este terreno, salvo que de una u otra manera eran anómalas, y estaban enraizadas en un núcleo profundamente patológico. Las mistificaciones con que trató de suplantar la vida acabaron por vencerlo. Cuando lo vio debilitado, la Iglesia, a través del brazo crudelísimo de un inquisidor, se encargó del resto; lo sumió en las tinieblas, de cuya lobreguez ya no pudo liberarse.» Alzó la voz. Con severidad ejemplar, como si hablara con la voz del inquisidor a quien se refería, hizo esta admonición: «¡Seamos, mis queridos amigos, fieles siempre al instinto de vida, ya que en ese terreno las defecciones se pagan a un precio demasiado alto!» Comencé a ponerme nervioso. No lograba advertir en qué dirección soplaba el viento. Para no errar, respondí con beatitud: «¡Así es, señora, y así debe ser! ¡Hagamos el bien sin saber a quién! Tal es el apotegma que desde siempre rige mi moral.» «Recuérdelo usted, en especial, Dante Ciriaco, la traición se paga con un precio muy alto. Sé de casos en que la defección se ha pagado con la defecación...» Durante varios minutos se rió sin cesar, contagiando de aquella euforia, que a mí me parecía indigna de su calidad, a la mimética Ramona y hasta a Omar, el chófer, quien no podía comprenderla por no hablar español. De pronto, como si ese breve intermedio lúdico no hubiese existido, volvió a su tono académico: «Nikolai Vasilievich Gogol pagó ese precio. Se deshicieron de él con inusitada crueldad. Primero le infundieron terror. Le hicieron creer que el demonio le servía de consejero, que era él quien guiaba su mano al escribir. El único y verdadero autor de *El inspector general* y de *Las almas muertas* se llamaba Belcebú, Luzbel, Asmodeo, Ciriaco, no, no, perdón, ¿qué digo?, Satán. Todos ellos, una y la misma persona. Comenzó a desvariar. Tres veces quemó el manuscrito de la segunda parte de *Las almas muertas,* la obra cuya conclusión venía anunciando desde hacía tantos años, la que pretendía redimir a Rusia, es decir, al Mundo. Es posible que la última quema haya sido una mera ficción. Ya para entonces Gogol había perdido sus facultades creadoras, y en sus mínimos momentos de lucidez era consciente de ese drama. No lograría cumplir el destino para el que siempre se sintió llamado. No sería nunca el Angel que redimiría a la Nación. Fue entonces cuando Matvei entró en acción. Caer en manos de aquel místico cruel y someterse a él resultó inevitable. El pobre escritor le había confesado lo que llamaba "su pecado". No sabemos cuál fue, pero sí que se proponía expiarlo. En la extrema penitencia se fincaba su única esperanza de resultar absuelto. Hasta ahora nos movemos en un puro tejido de hipótesis, de conjeturas. ¿Existirá alguna documentación secreta que un día logre salir a la luz? Yo he imaginado tres o cuatro soluciones al enigma, pero no estoy convencida de acertar con ninguna. Ese pecado se irguió ante él como un temible espectro, le segó los caminos y lo transformó en una inmensa culpa viviente. Todo él era una llaga. Una llaga que oraba, una llaga que imploraba perdón, una llaga palpitante que se imponía las más atroces penitencias. Matvei le prohibió comer, le prohibió leer cualquier libro que no fuera el de oraciones, le prohibió dormir más de dos horas por día. Nada era suficiente para alcanzar el perdón. Cuando sus amigos advirtieron lo que sucedía era ya demasiado tarde. A través del abdomen se le podía tocar la columna vertebral. El estómago se había convertido en un tejido seco y atrofiado. Una partida de médicos se congregó alrededor del lecho en que yacía aquél que era ya casi un cadáver. Le hicieron sangrías, lo metieron en aguas heladas, y en plena agonía le colocaron sanguijuelas en las sienes, en el cuello, en las fosas nasales, en las comisuras de la boca. Antes de morir, llegó a vislumbrar algún fragmento, sin comprenderlo, claro, de lo que le estaba ocurriendo. Fue consciente de la existencia de aquellas vejigas que pugnaban por apropiarse de la ínfima cantidad de sangre que aún guardaba su organismo. Las veía agitarse trémulamente, irse hinchando sobre su rostro cadavérico. Sentía la voracidad con que se incrustaban en su piel aquellas bocas voraces. No reconocía los rostros de quienes lo rodeaban, sólo lograba comprender que Matvei tenía razón, no había logrado lavar su pecado, los brazos del demonio, al que tanto había temido desde la lejana infancia campesina, y a quien había citado en infinidad de pasajes, se habían apoderado de sus despojos. Lo poco que de él quedaba pertenecía a Satán. Expiró entre aullidos y sacudidas animales. Quería desprender de su rostro los tentáculos del diablo, pero médicos y enfermeros se lo impidieron, sujetando sus brazos con violencia. Las penitencias terribles de nada habían servido. Se vio caminar, custodiado por las vociferantes legiones del Maligno, hacia el fuego tradicional.» En ese punto la voz de Marietta Karapetiz se tranquilizó, encendió un cigarrillo, aspiró profundamente, expelió el humo y, despojada de todo pathos, concluyó: «Pero a nosotros no va a ocurrirnos nada semejante. Trataremos de obrar siempre con cordura. Ganaremos para nosotros nuestro propio respeto. ¡Damas y caballeros, me permito anunciarles que se hallan ustedes ante su propia casa!» Parecía haber cronometrado el relato sobre la agonía y muerte de Gogol al trayecto recorrido. En efecto, el automóvil se detuvo frente a un edificio moderno en extremo anodino.

VII

*Donde la amistad, ya en sí reacia, entre Dante de
la Estrella y Marietta Karapetiz se ve sometida a
una dura prueba, lo que permitirá al lector decidir
si la relación ha terminado o contempla el inicio
de una fase más intensa de la misma, capaz de superar la lejanía que a partir de entonces se interpondría entre ellos.*

A estas alturas del relato, el narrador se hallaba per-
ceptiblemente exhausto. Por el aire de martirio, las muecas de sufrimiento, los tics desordenados e impetuosos, la
mirada alucinada y temerosa, parecía encarnar ante sus
oyentes la miseria final de Gogol, tal como aparecía en el
discurso de la señora Karapetiz, glosado por él minutos
antes. En dos o tres ocasiones intentó hablar, sin lograr-
lo. Abría la boca, respiraba con ansiedad, jadeante, la cerraba con aire apesadumbrado, la abría de nuevo, hasta
que por fin logró despegar, y no interrumpió su soliloquio
hasta terminar el relato. Comenzó con voz modesta, poco
segura, lo que desconcertó a los oyentes, tan diferente era
ese tono del de la etapa inmediatamente anterior.

—Recuerdo apenas lo que vi en Estambul. Lo recuerda porque fue muy poco, dirán ustedes; lo recuerda,
¡claro!, porque no vio nada. Muy poco, vale, pero en mi
retina quedó plasmado ese poco con toda su riqueza de
detalles, registrado y sellado en mi cerebro. Desde el momento de llegar a la estación del ferrocarril hasta la noche
del día siguiente en que volví a ella, ya entonces de esca-
pada, no permití que nada se diluyera. Almacené caras y

gestos, innecesarios tal vez, de meseros, empleados de comercio, chóferes, simples transeúntes. Sin embargo, si vuelvo al episodio que tuvo lugar en el departamento de Marietta Karapetiz, mi memoria pierde su rigor, titubea, se embrolla, acaba por cerrarse. Me lo explico como una reacción desesperada del espíritu para protegerse del horror. Todo lo comprenderán dentro de un momento. Tal vez hubiese sido mejor sufrir un ataque fulminante de amnesia. Perder por entero la consciencia durante un par de meses. Y luego comenzar a recordar gradualmente cada paso, dejando, eso sí, sepultado en el subconsciente el episodio que me produjo el trauma.

—¿Qué trauma?

Era posible que, a esas alturas, De la Estrella ni siquiera oyera otra voz que no fuera la suya.

—Esa deseada falta de memoria no llegó a producirse sino en parte. Hay visiones que me resultan muy oscuras. Por ejemplo, del edificio en que vivían Marietta y Sacha no recuerdo sino su ramplonería. Una fachada insignificante a más no poder. También es cierto que en aquella época apenas me interesaba la arquitectura. No podía imaginarme que fuera a desempeñar un papel tan esencial en mi vida, y que iba yo a consumir tantas horas, todas amargas, en el fraccionamiento de mi mujer en Cuernavaca, el pilar de su fortuna; un trabajo terrible, Millares, usted lo sabe mejor que nadie; usted, una de las primeras víctimas de sus caprichos, de su rapiña, de su codicia. Por aquel entonces yo era ciego a la forma arquitectónica. Me equivocaba a veces, no temo ocultarlo. Confundía estilos, hacía el ridículo, sobre todo en Roma, donde la gente se fija tanto en esos detalles. Declaraba que un edificio me parecía un espanto y me respondían que era una joya del funcionalismo, cosas por el estilo. Poseía una sensibilidad rica,

169

eso no entra en discusión, sólo que atrofiada. Me movía en un mundo romo y era natural que repitiera las perogrulladas que oía a mi alrededor. A la ceguera de aquel tiempo atribuyo que cuando trato de recordar aquel edificio en las afueras de Estambul lo primero que me ofrece la mente sea un blanco lechoso. Bueno, podía equivocar los estilos, pero sabía diferenciar lo limpio de lo sucio, y aquella fachada descascarada y renegrida era, por dondequiera que se la mirase, en extremo desagradable. Hasta allí, hasta la llegada, me queda todo más o menos claro, lo que ya no lo está, no sé si me comprendan, ni siquiera si me están siguiendo, es la nebulosidad de mi memoria al intentar describir el piso que entonces visité. Veo un espacio muy amplio con uno o dos balcones, todo muy deslavado, muy gris. Me duele ser tan parco, porque si alguien se precia de la exactitud de sus observaciones soy yo. No tendría ningún mérito para mí describir lo que hay en esta casa y enumerar detalles que, estoy seguro, los dejarían sorprendidos, pues a ustedes la familiaridad les impide reparar en ellos. ¡Lo de siempre, Dios mío, lo de siempre! ¡Las estorbosas ramas que impiden ver el bosque! Ningún mérito, repito, porque hace muchos años estuve varias veces en esta misma sala, cuando usted, Millares, sólo pasaba aquí fines de semana, y la visita de hoy me permite advertir los cambios efectuados; la lámpara del vestíbulo, por ejemplo, tiene dos focos fundidos, a menos que estén flojos para economizar electricidad; una araña ha tejido su tela en el tramo superior del librero, a la derecha, desde hace con toda seguridad ya varios meses, pues la telaraña se ha espesado hasta formar una costra negruzca y aceitosa. No se trata de un reproche, nada tan ajeno a mi disposición de ánimo, sé lo que es hoy día el servicio. Pero ustedes se quedarían atónitos, podría asegurarlo, si hiciéramos una visita a alguno de sus vecinos. ¿Quiénes viven en la casa de la derecha?

—Unos alemanes, pero vienen poco. No sé si prestan la casa o la alquilan; siempre hay allí gente distinta —contestó Amelia Millares.

—Esto no importa. Imaginen que entrásemos a esa casa, donde jamás he puesto un pie, y nos sentáramos a tomar un café con los propietarios, o con sus inquilinos. No más de media hora; lo necesario para cerrar algún negocio. Entonces sí que dejaría estupefacto al más pintado. Podría describir hasta el más insignificante detalle del salón, la combinación de colores de las cortinas, qué tipo de collar lleva el perro, el número de objetos de cristal colocados en la habitación, su tamaño, el sitio que ocupan, ese tipo de cosas, sin que nadie sea capaz de advertir que estoy sometiendo el recinto a tan riguroso escudriñamiento. Podría casi afirmar que poseo esa gracia desde que nací. Y a decir verdad, es una virtud que nunca me ha producido nada.

—A quien le debe hacer maldita la gracia es al ama de casa —comentó Amelia del mal humor—, saber que tiene al lado un fisgón sin otro oficio que descubrir la mugre.

—Pregúntenme en cambio —continuó el licenciado— por la casa de la Divina Garza y se quedarán con el mismo pasmo que experimento yo cada vez que trato de evocar aquel pestífero cubil.

—¿Nada? ¿No logra recordar nada?

—Bueno, señora, nada, en mi caso, resultaría imposible —dijo De la Estrella con petulancia excelsa—. Evoco un amplio espacio, dos balcones que daban a una calle, y en una pared, tras una mesa colmada de libros y papeles, la estampa de un Santo Niño Mexicano. ¡Sólo faltaría que eso fuera a olvidármelo! Pero, por favor, lo único que pido es que me permitan seguir un orden. No soy Marietta Karapetiz para desarrollar tres tramas a la vez y embrollarlas todas. Si antes desdeñaba la incoherencia, a partir de esa fecha le cobré un odio cerval. Cuando el automóvil se detuvo y oí a la interfecta decir que estábamos frente a su casa, antes aún de que intentara abrir mi portezuela, la fregada Ramoncita, de quien ya estaba, con el debido respeto, hasta los cojones, me espetó: «No se moleste, Ciriaco, voy por unos libros y regreso al instante.» ¿Ciriaco? ¡Sí, señores! ¡Ciriaco a secas! Aquella cursilona se había decidido a intensificar la ofensiva, pero no me dejé provocar. Todo lo contrario, me comporté a la mayor altura. Aún hoy me sorprende la sangre fría de que podía echar mano en aquellos tiempos de impetuosa juventud. Me había propuesto ser *charming and civilized* y lo logré. «No es ninguna molestia, Mamona, no te preocupes. Por el contrario, es un placer», y eché a andar hacia la puerta del edificio. Ahí intervino la anfitriona: «Tal vez la charla de féminas que nos proponemos celebrar va a resultarle un aburrimiento. Cuando las hembritas nos ponemos a hablar de nuestros propios asuntos somos intolerables, se lo aseguro. Omar puede llevarlo a donde usted guste y pasar dentro de dos horas a recoger a Ramona.» Lo dijo con tal sequedad que me dejó desconcertado. Pero ahí estaba de nuevo el intríngulis que me azoraba, volví a descubrir el mismo guiño, la misma tierna languidez de la mirada, la misma imploración muda: «¡Alma generosa, no me abandones! ¡Compadécete de esta tu fiel admiradora! ¡No se te ocurra dejarme a solas con esta chicuela tonta y petulante!» Así que eché a andar hacia el portón, entré en el edificio y me dirigí directamente hacia el ascensor. Me siguieron como dos corderitas. Llegamos al piso. Nos abrió la puerta una turca que no era ni carne ni pescado.

172

—¿Qué era entonces? ¿Un pájaro?

—Me refiero, señor, a que no vestía a lo árabe, pero tampoco se habría podido decir que sus prendas fueran occidentales. Un personaje a primera vista trivial, anodino como la fachada del edificio en que vivían, o como el celebérrimo Chíchikov; no era ni alta ni chaparra, ni gorda ni flaca, ni joven ni vieja. Pero bastaba detener un instante la mirada en su rostro para discernir que algo sí poseía perfectamente definido. ¡Jamás he visto tanta maldad reconcentrada en unos ojos! ¡Ni siquiera en la mueca animal que pretendía hacer pasar por sonrisa! La primera en entrar fue, desde luego, la propietaria. Le entregó a la sirvienta unos paquetes y se detuvo en el corredor para darnos la bienvenida. Me le adelanté con habilidad a Ramona, por temor de que entrase antes y me diera con la puerta en las narices. Ya para entonces la creía capaz de todo. Marietta Karapetiz le dio algunas órdenes en turco a la poco agraciada fámula que nos salió a recibir y a quien llamaré Zuleima, pues me fue imposible conservar en la memoria el áspero nombre que le daban. Zuleima nos pidió los impermeables; ¿he dicho ya que esa tarde lloviznaba? Antes de colgarlos en la percha, tuve la impresión de que escupía en el mío.

—Usted nos oculta algo, licenciado. ¿Por qué razón se habían conjurado esas mujeres para que no permaneciera en la casa? Hay un misterio que desde hace buen rato nos oculta usted.

—¡Pero claro que sí querían! —chilló el licenciado—. Lo único que deseaban era que me quedase allí. Habían organizado mi festejo hasta el menor detalle. ¡Una fiesta sorpresa! La misma noche anterior debían de haber iniciado los preparativos. Por eso las miraditas que me animaban, y tantos gemiditos, y esos besitos mudos que me enviaba

173

desde lejos la anfitriona. Sentí algo raro, que me era difícil definir, pero no me imaginé que se tratara de una comedia preparada con tal perfección. ¡Comedia del Arte, le llaman los italianos a ese género! Sin darme cuenta, al seguir la pauta que me marcaban, yo mismo representaba ya un papel. —Hizo una pausa—. ¡Mire, Millares, me estoy hartando de tanta interrupción! ¿Me van a dejar alguna vez contar mi historia?

—Usted tiene la palabra —dijo el arquitecto, sonriente.

—¿Se convirtió la turca en una gata rabiosa en esa fiesta?

El narrador miró tanto al arquitecto como a su hijo con supremo desprecio. Como venía ocurriendo en la última parte del relato, cada vez que volvía a recomenzarlo, De la Estrella arrullaba la voz, la reblandecía, como si contara un cuento a un grupo de niños para ayudarles a conciliar el sueño. Igual fue en esa ocasión; con el tono más tierno volvió a situarse en la casa de Marietta Karapetiz.

—Cuando nos dimos cuenta ya estábamos en la sala, de la que sólo, ya lo he lamentado, recuerdo tres o cuatro cosas esenciales. La decoración no se apoyaba en objetos folklóricos ni en trastecitos exóticos como ocurre a menudo en casa de los antropólogos. No había abuso de turquestanerías, ni arabescos de ninguna especie. Había más bien, pero no me hagan demasiado caso, algunos muebles, pocos, de madera oscura, con tejidos de mimbre en los costados y grandes almohadones de terciopelo verde, un tanto luido, muy confortables. Al fondo del salón, una amplia mesa, también de madera oscura, ante una pared de la que colgaban estampas antiguas, quizás algunas máscaras, uno que otro objeto africano, y unos trozos enmarcados de tejidos raídos con grecas verdes y ocres. Bueno, ¿lo ven?, tengo que desdecirme. Comienzo a hablar, mi cerebro se esfuerza y van apareciendo aquí y allá elementos que no creía retener. Y sí que había exotismo, pero avalado por la antigüedad, lo que ya es otra cosa. Es posible que no recuerde más porque no haya habido más. Tampoco es mi intención meditar sobre los enigmas que pueda suscitar el mobiliario y los objetos decorativos de un piso. La Divina nos paseó por el saloncito, emitiendo doctos comentarios sobre sus reliquias. Con la voz, los ademanes, el movimiento entero de su cuerpo, una pierna que avanzaba y retrocedía llena de incertidumbre, mientras la otra saltaba hacia adelante, segura, cargada de una súbita audacia, de convicción en la marcha, con gestos faciales que en décimas de segundo lograban evolucionar del misterio a la sorpresa, de la sorpresa a la revelación, de la revelación al éxtasis, Marietta Karapetiz fue creando una especie de suspensión mágica, que llegó a su clímax cuando nos colocó ante un marco modesto, justo detrás de su mesa de trabajo. Era una estampa popular, impresa en un viejo papel amarillento. La descolgó, la puso sobre la mesa y encendió una lámpara para que la luz la bañara. «¡Helo aquí!», exclamó con pasión. «¡Listo para dar servicio a todo el que lo requiera! ¡Les presento a mi niño y patroncito! ¡Bendito, querido Santo Niño! ¡Mano amiga y laboriosa! ¿Quién si no tú me deshollina el triperío? ¡Gracias a tu bondad, Santo Niño del Agro, todas las mañanas libero mente y corazón de una porción regular de maciza e innecesaria mierda!» Acostumbrado a sus excéntricos retozos verbales, con el recuerdo aún fresco de sus reacciones en el restaurante, creyendo aproximarme a su línea, exclamé con dúctil emulación un «¡Olé, torero!» tan sonoro como los suyos de la noche anterior. Esperaba al menos una sonrisa por respuesta. No se produjo. «¡Míralo desde aquí, rica, a esta luz podrás observarlo mejor!», le recomendaba la propietaria a Ramona. ¿Me habría dominado algún demonio? ¿Buscaba, acaso, perderme? Aquel «Ciriaco» lanzado con tanta gratuidad por mi compatriota al llegar al edificio y recibido con tanta calma por mi parte, comenzó a escocerme la sangre. Retardado el efecto, lo sé, pero seguro. Empecé a gesticular ante Ramona, en una tesitura de espíritu, debo confesarlo, un tanto circense. Con voz infantiloide, que imitaba la suya, la interpelé: «¡Ven a ver la estampita, muñeca! Sí, Ratona, ricura, ven a verla, que te va a encantar. Sin temores, sin precipitación, Rabona, ven y adora a este Niño Santo de tu tierra, mira que cuando sea necesario con una cucharita de plata te va a sacar la mermelada del culito.» ¿Me estaba echando una soga al cuello? ¡Ustedes me lo dirán! Tomé la imagen y la puse bajo las narices de Ramona. Era, en efecto, un santito de rasgos indígenas. Un niño de mirada angelical, con corona y báculo florido. Un aire de perfecta devoción e inocencia. Parecía incapaz de matar una mosca, inconsciente hasta de su propia existencia. Reposaba en un trono que algo tenía de bacinica. A sus pies unos versos. Marietta Karapetiz, con voz y tono de comandante, me ordenó leer el texto; eran las mismas letanías que años después encontré en un ensayo absurdo de Rodrigo Vives publicado en una revista mexicana.

¡Sal mojón
del oscuro rincón!

¡Hazme el milagro,
Santo Niño del Agro!

¡Cáguelo yo duro
o lo haga blandito,
a la luz y en lo oscuro
sé mi dulce Santito!

¡Ampara a tu gente,
Santo Niño Incontinente!

¡Lo mismo! Ni una sonrisa, ni la más mínima muestra de acogida. ¿De qué se trataba? ¿Ibamos de nuevo a volver a las andadas? ¿Qué diablos pretendían con esa severidad mortuoria? Las mujeres se sentaron, y yo tras ellas. Marietta Karapetiz volvió a hablar en aquel idioma, que yo daba por hecho era turco, pero que igual podía haber sido kurdo, farsí o azerbaijano. ¿Qué sabía yo? ¿Estábamos, acaso, entre gente normal? El pequeño gordinflón le respondió a su ama con un tartamudeo nervioso, mientras hacía repetidos signos de afirmación con la cabeza. Ella no le permitió continuar. Comenzó a gritar como una descosida, hagan de cuenta que se hallaba en pleno campo o en el mercado: «¡Sacha! ¡Sacha! ¡Preséntate aquí en este mismo momento! ¿Me has oído? ¿Acabarás por enterarte de que ya estamos sirviendo el té?» Y luego, con voz melosa, casi en susurros implorantes, añadió: «¡Sáchenka! ¡No te hagas de rogar! ¡Mira que tu demora me está matando de angustia!» Se abrió una puerta, y el hombre elegantísimo que había conocido la noche anterior, el del traje impecable de seda blanca, apareció de golpe. ¡Pero qué diferencia! ¿En qué aguas chapoteaba yo?, comencé a preguntarme. Ya los gritos lanzados desde la mesa me habían parecido el sumo de la vulgaridad. A nuestro lado había dos sirvientes, una mujer y un chiquillo. ¿No habría podido cualquiera de ellos avisarle a Sacha que la mesa estaba puesta? Pero tal falta de urbanidad era nada, era Versalles, era Buckingham Palace, si se la cotejaba con el espectáculo que se desarrolló en ese momento ante nosotros. Sacha, ya lo he dicho, penetró a la carrera en la sala. Tenía la caballera húmeda y alborotada, una toalla

177

alrededor de los hombros, la pierna tullida cubierta sólo con una pantalonera blanca de tela acolchada, ceñida a la altura de la ingle y en el tobillo. ¡Un espectáculo espeluznante! Pocas cosas creo yo que puedan superar en procacidad al cuerpo desnudo de un anciano. Y el de Sacha, cubierto por una espesa pelambre blanca, que le daba aires de fauno en primavera, superaba todo límite. Las partes pudendas se columpiaban alegremente a los ojos del mundo. Al vernos, detuvo la carrera, utilizando uno de sus talones como freno. Sus ojos infantiles nos miraron con picardía y consternación, luego se pasearon golosamente por encima de la mesa. Su inmensa dentadura creció en una radiante sonrisa de alegría. En ese mismo instante recordé las revelaciones de Rodrigo. ¡Masajistas! Sacha amplió la sonrisa hasta lo inverosímil. Pidió disculpas y agregó que se reuniría con nosotros en cuestión de un instante. Miré a Ramona y le guiñé un ojo con cordialidad. Una manera de dar zanjadas las viejas diferencias, una invitación a cerrar filas contra la anarquía. Le ofrecía la pipa de la amistad. Ya veríamos cuáles iban a ser los resultados. Marietta reía complacida, encantada en el fondo con las travesuras de su niño.

—¿Eran nudistas? —preguntó Juan Ramón, interesado de nuevo en el relato.

—Eran algo mucho peor. ¡Eran escoria! ¡Ratas de albañal que pretendían pasar por animales de otro pelaje! Se creían, me imagino, martas cibelinas, zorros plateados. ¡Broza pura! ¡Masajistas de los pies a la cabeza! Eso es lo que eran. Temí que tuviésemos que esperar un buen rato mientras Sacha se vestía y el té se nos enfriaba y las exquisiteces que colmaban la mesa se llenaban de moscas, pero el aludido no tardó siquiera un par de minutos en volver a la sala. Se había medio alisado el pelo, segura-

178

mente con la mano, y enfundado una vieja bata de baño a rayas que le llegaba casi a los pies. Continuaba descalzo, eso sí. Se iniciaron las formalidades. La señora de la casa se puso en pie y comenzó a hacerle de tal manera al protocolo que me dejó sorprendido: «Mi hermano y yo nos sentimos altamente honrados por la presencia en nuestra casa de dos amigos mexicanos, Ramona y Ciriaco. ¡Ramona y Ciriaco, sean ustedes bienvenidos a este modesto convite!» Me levanté como de rayo. «Ciriaquete del verde bonete, avecindado en la calle del Rebuzno número noventa y cinco, departamento siete», grité con estridente voz de pito, «se honra en considerarse un servidor del niño Sacha y de su adorable y fina hermana, pero más que de nadie del santo y milagroso Niño del Agro. Sí, amigos, Ciriaquete el del ano incontinente y Mamoneta, la mona que caga más allá de la meta, agradecen este honor y se postran ante esta mesa noble y fraterna». Me quedé mirando a la matrona impúdica con una sonrisa burlona que quería decir: «¡Vuelve por otra, canalla!»

Los Millares habían dejado de reír, incluidos los gemelos. Veían más bien con aprensión a aquel hombre que se contorsionaba, se contraía, gesticulaba, se reducía físicamente. Un espectáculo cada vez más repulsivo.

—¿Otro coñac, lic.? —lo interrumpió don Antonio.

—Tomaría mejor otro whisky. Muy ligero, casi simbólico, pero por favor deje de llamarme «lic». Detesto las abreviaturas. —Sorbió un largo trago y volvió a su historia—: Los dejé espantados. Nos sirvieron con gran nerviosismo mil cositas, casi todas dulces. No pude con ellas, perdí la gana de comer. Dije que me sirvieran una copa de anís. Se sentían acorralados, me daba muy bien cuenta. Marietta Karapetiz comenzó a abordar con voz sumisa, casi suplicante, temas mexicanos, las comidas regionales, las fiestas tribales y sus platillos específicos; se refirió a unos tamales de fríjol envueltos en unas hojas aromáticas que algunos llaman hierba santa y otros hojas de tlanepa, que había probado un día de muertos en un cementerio cerca de Xochimilco. «¡Qué duro era recorrer su país en aquellos tiempos! Lo hicimos en carretas, a lomo de mula, a pie, de sol a sol, a lo largo y a lo ancho, ¡Viva México!» Debo admitir que he tenido en la vida muy malos consejeros: mi hermana, el alcohol y el despecho. A estos dos últimos responsabilizo de lo que me ocurrió esa tarde. Las pequeñas victorias iniciales me volvieron soberbio. Perdí el sentido de la realidad. No quería que se me escaparan, que me cambiaran los temas como les viniera en gana, que me llevaran a la hoja de tlanepa o a cualquier terreno que no hubiera yo elegido. A México llegaríamos después, cuando hubiésemos hecho un ajuste de cuentas, firmado las paces y establecido las condiciones de nuestra futura amistad. Tal vez en la forma me extralimitaba; en el fondo, la verdad es que mis exigencias eran minúsculas, ridículas. Sólo pedía que esa mujer me permitiera ser su amigo, su admirador, su discípulo, que dejara de aplicarme nombres grotescos, de hablarme con cordialidad un momento para el siguiente ignorarme o escarnecerme, que cesara, sobre todo, de establecer la distancia para mí tan humillante que marcaba entre el trato con Ramona Vives y su relación conmigo. ¡Eso era todo! Si bien se mira, no era mucho. ¡Nada! Para lograr que comprendiera algo tan sencillo como eso, era necesario obligarla primero a morder el polvo; después vendría la hora del dulcísimo armisticio. Con ese aire mundano y despreocupado que tan bien me iba saliendo, le pregunté a Sacha: «¿Y qué tal la vida?, ¿buena época para el masaje?» «¡Ay, el masaje!», me respondió con su eterno aire

le niño. «¡Sólo va así así!»; sonrió, levantó los hombros
 continuó: «Yo ya no tengo edad para darlos, mis manos
no son las mismas, no tienen la fuerza necesaria. Ahora,
que viera, el trabajo me sigue gustando. Lo considero un
arte más que una técnica. Lo adoro.» Volvió a sonreír,
como disculpándose, y añadió: «Sigo tirando sólo por amor
al arte.» «¡Pero qué dice!», intervino su hermana, «¡las
cosas que hay que oír! ¡Oigan nada más cómo se queja!
Sacha ha sido toda su vida un roble. Lo es todavía, mírelo
bien. ¡Recio como el acero! En otra época, cuando vivía-
nos en Portugal, era conocido con el nombre de Tenazas
de Acero. Sólo con mover un dedo podía colocar en su
ugar un hueso dislocado.» «¡Qué cosas tan interesantes
oye uno en esta casa!», añadí con sarcasmo. «A su lado
uno tiene la oportunidad de aprender siempre algo nuevo.»
Hablaba yo como sonámbulo, sin saber adónde iba. En
el fondo bastaron unos segundos para abatirme por completo la moral. Había imaginado que ocultaban el período
de masajes como un secreto infamante, un episodio clandestino, vergonzoso, cuya sola mención los desmoronaría,
y la verdad era que lo ostentaban como una condecora-
ción del más alto grado. «¿También los dedos de su hermana eran tan fuertes?», pregunté, ya sin convicción.
Tenía la certeza de que ella tampoco se avergonzaba de
esa parte de su pasado. «¡Claro que sí!», me respondió
Sacha, henchido de orgullo familiar. «No sabe lo fuertes
que eran los dedos de Marietta; tal vez demasiado. Eran
dedos muy poderosos, pero no perdían nunca la delicadeza;
sus yemas estaban llenas de imaginación.» «Mis clientes
me llamaban Manitas de Seda», gritó feliz la interpelada.
«Éramos una pareja sensacional: Manitas de Seda y Tenazas de Acero.» «A veces trocábamos los papeles», le arre-
bató Sacha la palabra, «de acuerdo, eso sí, con la volun-

181

tad del cliente. Toda ella se convertía entonces en una
tenacitas de acero y mis manos se volvían de seda. L
gente moría de felicidad con nosotros. Y no crea que tra
tábamos con aficionados a los que se puede satisfacer co
una o dos palmadas en la espalda. No, señor, procedía
de las capas más altas, de la nobleza, de las grandes fortu
nas, de la pantalla. Por la mañana veíamos en el periódi
co sus fotografías y la noticia de su llegada a Portugal
ya al mediodía, o cuando mucho por la tarde, los teníamo
en nuestras manos. Nos divertíamos sin cesar.» La Divi
na Garza, la mirada perdida en el infinito, añadió, no si
cierto retintín de cursilería: «Un período frívolo en la vida
por breve que sea, se agradece siempre. Para nosotro
aquélla fue una verdadera Edad de Oro.» «Nos buscaban
nos rogaban, nos ofrecían lo que quisiéramos», continuó
su hermano, rebosante de entusiasmo, «y ahí se volvían a
trocar de nuevo los papeles. Eramos nosotros los verdade
ros reyes y ellos nuestros sumisos siervos.» «Dos o tre
veces al año se dejaba descolgar por Estoril un príncipe
de sangre real», Marietta Karapetiz bajó tanto la voz a
mencionarlo que el nombre del heredero a un trono re
sultó inaudible. «Aparecía con tres o cuatro amigos, siem
pre los mismos, inseparables, según parece, desde los tiem
pos escolares. Unos muchachotes muy hermosos, muy ele
gantes, siempre alegres, dorados por el sol, con mucha
figura, deportistas natos. Durante unos días todo se volvía
gritos, chanzas pesadas, risas, fados, foxtrots y balalai
kas. Regresaba a casa extenuada, pero radiante de alegría
Karapetiz, que era un hombre en extremo perspicaz, nada
más verme me decía: "Me doy cuenta, me doy cuen
ta, lo puedo imaginar perfectamente, han vuelto a los
baños los cuatro frondosos mosqueteros." Parece que hasta
en sueños cantaba yo esos días. Me temo que a estas altu

ras ninguno de aquellos jacarandosos mancebos quede con vida. Tenían mucha imaginación, mucha gracia, y una energía que no logro explicarme de dónde la sacaban, pues cargaban más enfermedades de las que cabrían en el pellejo de una rata. ¡Dios santo! ¡Había que desinfectarse las manos con formol después de darles una buena cepillada!» Quería morir. Apenas podía dar crédito a lo que ocurría. ¿Era aquélla la misma mujer a quien había oído hablar de mis virtudes y del camino luminoso que se extendía ante mí? Imaginé que abajaría su jactancia, que cortaría las alas de su soberbia, y he ahí con qué gozo hablaba de aquella profesión innoble. Ramona se sumó de inmediato a la inicua farsa: «¡Qué maravilla, Marietta, qué prodigio, qué intenso flujo lúdico genera cada momento de tu vida! ¡Te envidio! ¡Te juro que te envidio!» «¿También a ti te gustaría meterte a masajear en unos baños de vapor, Rabona?», le solté, pero ni siquiera me respondió. Sólo faltó que sacara de su bolso la libretita y anotara: «En pocos años Manitas de Seda y Tenazas de Acero hicieron polvo a la juventud dorada de varios países europeos.» En eso, la mirada de la anfitriona cayó sobre las medias de la Vives y ambas comenzaron a comparar el diseño, las rayas, los materiales, con lo que al fin se logró un poco de calma en la mesa. Sacha acercó su silla a la mía, bajó la voz y me pidió que lo acompañara al balcón a ver el paisaje marítimo. No se veía el mar por ningún lado, pero allí fue donde me suplicó que tuviera paciencia con su hermana, que dejara de mortificarla, que me pusiera a pensar en todo lo que había sufrido, y me reveló que hubiera podido ser una gran bailarina de vientre de no tener el suyo desfigurado por una cicatriz semejante a una boca a la que sólo le faltaba decir papá y mamá. Me faltaba el aire. Comencé a ponerme nervioso. Regresé a mi asiento, decidido a volver a los temas mexicanos, a los tamales envueltos en hojas de tlanega si fuera necesario. Levanté la voz, rompí el idilio entre las mujeres y sus medias, y dije, determinado a sacar la conversación de los vapores en que nos habíamos perdido: «Sus viajes deben de haber constituido una auténtica Odisea. Admiro la valentía y el arrojo de que dieron prueba.» La Manitas de Seda abandonó la conversación sobre las medias y me lanzó un brusco: «¿De qué diablos está usted hablando, Casiano?» No me inmuté por el apelativo, a pesar de la forma grosera en que lo había pronunciado «Casi ano». Como un ángel, respondí: «Aventurarse por los caminos de México durante la revolución, señora, debió de haber significado grandes riesgos.» «Los tres éramos osados, infatigables, tres intrépidos muchachos sedientos de aventuras, si es que al cacalache de mi marido podía uno llamarle muchacho, no por nada la gente le daba en decir *Karkamaliz* ya desde entonces. La verdad, éramos cuatro. Con nosotros viajaba un hombre encantador, al cual todo el mundo, incluidos su mujer e hijos, llamábamos afectuosamente la Garrapata. No era nuestro guía, sino un amigo. Era de los Altos de Jalisco, y en sus momentos perdidos le daba por medio enamorarme. Los cuatro comíamos de la misma mesa, nunca hicimos diferencias. La Garrapata había asistido ya dos veces a las celebraciones del Santo Niño del Agro y participado en la fiesta. Por él se enteró Karapetiz de aquellas originales ceremonias, y se ofreció a guiarnos. Infatigable y osados, ya lo he dicho, eso éramos. Sacha el que más: era él quien nos daba el ejemplo. No le arredraban selvas, desiertos ni montañas.» «Como tampoco saunas, gimnasios ni baños privados», la interrumpió el hermano, cuyo espíritu no acababa de salir de la excitación de los vapores; «donde», añadió, «no sé si usted lo sepa pero los peligros suelen ser peores que en la jungla. Me acuerdo de un excéntrico siciliano, el conde de Z... La historia es larga, y un tanto enredada, pero yo se la voy a contar en tres palabras», y de nuevo se desbarrancó, y con él su hermana, en el circuito perdido Funchal, Estoril, Cascais, deteniéndose en detalles baladíes de sus sesiones de trabajo, descripciones de cuellos torcidos y enderezados a la fuerza, de bíceps frondosos y fláccidos glúteos a los que un golpecito aquí y una palmadita allá dejaban como nuevos, a la presión arterial tan baja de aquel conde que varias veces temieron que se les convirtiera en fiambre en sus manos. Tan difícil era sacarlos del masaje, que me resigné a coexistir con el tema hasta que llegara la hora de despedirme. Pero un golpe de intuición me llevó a preguntarle si consideraba más atractiva la mundana atmósfera del masaje que la sagrada ceremonia del Santo Niño del Agro. A mi pregunta, los hermanos reaccionaron con cierta reticencia, debido, me imagino, a lo sorprendente que les resultó la comparación; luego se inició un amplio florecer de sonrisas en aquellas bocazas suyas tan dentadas que llegaban a meter miedo. Comenzaron a comer desaforadamente, con apetito pantagruélico. La miel les escurría de las manos, las comisuras de la boca, la nariz, el mentón. «Bueno», dijo al fin Marietta Karapetiz, con un cierto tono dubitativo, «la verdad es que en una primera instancia las dos atmósferas parecerían ser muy diferentes, como que requerirían del practicante cualidades de espíritu que en apariencia no se compaginan; luego, si uno comienza a hilar fino, va descubriendo que hay una trabazón secreta que las hermana. Una fiesta en el trópico evoca siempre el aspecto frutal, collares de flores, pieles color canela, cierta música, el permanente despertar de los sentidos, la noción del mundo como una apetitosa golosina. En el masaje, también el cuerpo lo es todo, los músculos hacen el papel de frutos, el vapor que los envuelve equivale a la humedad del trópico. Permítame contarle algunas cosas, las conclusiones será usted mismo quien las saque. El festín al que usted se refiere era célebre por su riqueza de signos y mediaciones. Me pregunto si hoy día podría darse algo semejante. Desde luego, tendría otras características. Vivimos en otra época. De celebrarse hoy, habría perdido por fuerza su carácter solar. Sería un rito clandestino y eso le restaría plenitud. Y en el caso de que fuera público, ¡no quiero ni imaginarlo!, su grosería sería abrumadora. Se trataba entonces de un culto pagano, de una orgía, si permite usted esta palabra de alto riesgo, cuyo fin era celebrar la fertilidad. En esa ceremonia, los hombres recogían vida de la Naturaleza y le entregaban vida a la Naturaleza.» «Porque, dígame usted», intervino Sacha con su habitual exhuberancia, «¿puede haber algo más hermoso que obrar bajo un cielo azul, entre aromas floridos y la contemplación de frutos exquisitos? ¿No le parece más noble hacer regir el cuerpo allí que entre columnas de falso mármol? O, si me permite citar un ejemplo más sencillo, ¿cómo no va a ser mejor para el alma cagar junto a un río de aguas cristalinas entre garzas de blancos plumajes y nubes de mariposas azules y amarillas, en vez de hacerlo en un sótano oscuro y putrefacto?» «Si se me permite opinar, yo, la verdad sea dicha, prefiero hacerlo en un lugar cerrado con una instalación sanitaria adecuada y lo mismo me da que el cuarto sea de mármol o de adobe», respondí con cierta sequedad. «El dilema no es tan simple», intervino la inefable Ramona con rubores de monja y la voz más infantil del mundo, «porque algo en nosotros sucumbe ante la fastuosidad del mármol y algo del mismo modo poderoso repudia ese boato artificioso y an-

ela un encuentro más estrecho con la Naturaleza.» «Es
l triunfo del gran ramalazo pagano que por suerte corre
ún en nuestras venas», declaró sacerdotalmente Marietta
Karapetiz. Los ojos de Sacha brillaban con pueril inocen-
ia. Con voz parsimoniosa rezó complacido: «El hombre
s un junco pensante, sí, pero no hay que olvidar que es
ambién un junco que caga.» Las intervenciones se enca-
enaban una a otra sin tregua. Yo no podía más con toda
sa verbosa refistolería. Sentía una ola excrementicia a
unto de explotar sobre mi cabeza. Hice un esfuerzo so-
rehumano para vencer mi repugnancia y, con voz cuyo
emblor traté de disimular con un ataque de tos, volví a
ncausar la conversación hacia su aspecto turístico-etno-
ráfico. Me referí al viaje por el Sureste hecho bajo la
uía de la famosa Garrapata. Me interesé en las caracte-
ísticas de la región, su flora, su fauna, su ortografía.
Cuáles eran los principales cultivos? Pedí que me expli-
aran por qué no se sembraba lenteja ni garbanzo en esas
ierras. ¿Se había intentado alguna vez cultivar el lúpulo
la malta? ¿Eran los pobladores indígenas puros o mes-
zos? Y el régimen de propiedad de la tierra, ¿cuál era?
A qué obedecía la celebración a la que habían asistido?
Tenía un carácter leve o primordialmente religioso? «Lle-
amos al fin a un claro inmenso en la selva, al lado de
n río de maravilla», dijo la Divina Garza con entona-
ión resignada, como de misionera. «¡Un lugar de pro-
igios! Cuando recuerdo aquellos fastos naturales puedo
ecir que se me ha permitido conocer el Paraíso, pero tam-
ién sufrí en carne propia el drama de la expulsión»,
ndió una mano, se asió del brazo de Sacha con gesto
atético, y le preguntó: «¿Qué pecado pudimos haber come-
do, palomito, para merecer un castigo tan severo? ¡Dios
ío!», gimió, «¿será posible que no volvamos nunca a

187

aquel valle de leche y miel?» «Tendíamos una mano», s
oyó decir a Sacha con voz trémula, «y cortábamos un fruto
desconocido y maravilloso: un chicozapote, un mamey, un
mango, una guanábana de tamaño portentoso; tendíamos
la otra y le tocábamos el culo a un mono de aspecto
pelaje nunca vistos. ¡Vámonos de aquí, madrecita! ¿Qu
esperamos para volver a esas tierras donde todo es amor?

—¡Dejó al fin de llover! —exclamó don Antonio Mi
llares, levantándose a abrir una ventana. Tal vez la visibl
perturbación del licenciado y la paulatina congestión de su
rostro lo tenían muy inquieto. De la Estrella se había des
hecho el nudo de la corbata y abierto el cuello. Ese sim
ple detalle añadía a su aspecto una carga de animalidad y d
desorden bastante intranquilizadora—. Sí —repitió el vie
jo—, ha dejado de llover. El campo estaba necesitando agua

También Salvador Millares se asomó a la ventana. S
volvió hacia el licenciado y le dijo:

—Llegó ya su coche. Lo está esperando.

—Los dos hermanos —continuó el huésped, sin quere
desprenderse del departamento de Estambul— empezaron
por describirme el lugar: una amplia llanura en las már
genes de un río interrumpida por uno que otro islot
de vegetación exhuberante. Mangos, tamarindos, palmas d
distintas especies, plantas de yuca, que allá llaman de izote
lianas, monos, garzas, guacamayos, tapires, helechos gi
gantescos, tan grandes como el mamut que un día debió d
alimentarse con sus retoños. «Habíamos vuelto al mund
primigenio», aseveró, bucólica, nuestra anfitriona. «En e
centro de la llanura se erguían tres montículos; limpio
de yerbajos, pintados de un color marrón con una escale
ra excavada en una de sus caras para ascender con facili
dad a la cima. Eran montes de aspecto vistoso y espigado
como conos de chocolate surgidos en medio del verde d

188

la selva. Según Karapetiz podían ser pirámides prehispánicas recubiertas por los antiguos moradores para proteger sus misterios. El tiempo había hecho el resto. Y en la cumbre de cada una de ellas se hallaba un adolescente. Uno, con los hábitos, la corona y el báculo florido del Santo Niño, los otros dos, cubiertos con una especie de túnicas griegas.» «¿También de color chocolate?», quiso saber Ramona, quien había comenzado a tomar sus notas. «No, querida, hubiera sido precioso, pero lo que tenían eran unas túnicas amarillas que, ¿vieras?, no les iban nada mal. De los hombros de cada mancebo colgaba un tamborcito; no dejaron de tocarlo durante todo el día, ora con ritmo lento, ora con redoblar frenético. Y así pasó la mañana. El primer adolescente, el que representaba al Santo Niño, era el joven premiado en la celebración del año anterior. No era tanto la cantidad lo que allí se evaluaba como la forma, que, usted bien lo sabe, tan fundamental es para cualquier obra de arte. Habíamos llegado muy temprano, al alba, Karapetiz, Sacha, yo y la simpática Garrapata, el amigo mexicano que nos había descubierto aquel mundo. Una hora después, a nuestro derredor se agitaba una multitud de celebrantes de todas las edades; vestidas con largas túnicas blancas, ellas, y con calzones largos, también de manta blanca, los varones. A un lado del río se instalaron los retretes para las damas principales. Bajo techos de palma y entre paredes de troncos forradas con telas vistosas, pasaría buena parte del día la mujer del Cacique, el padre protector de la región, dueño del río, Señor de la luz, acompañado por su vistoso séquito. Nos tocó presenciar la llegada de aquel elegante gineceo en una barca que ya en sí era un sueño. Una gran plataforma blanca con velas de color mostaza recorridas por estrías brillantes que tiraban al rojo de Borgoña. El desembarco fue la mar de gracioso. Las señoras principales vestían túnicas griegas; las cabezas adornadas de guirnaldas de flores artificiales y en las manos unas cestitas preciosas, llenas de manzanas, racimos de uvas, cerezas y melocotones de cera coloreada. La caciquesa arrastraba a un corderito, de lana teñida color de rosa, el cuello atado con un cordón de oro. Una señora mayor, que jamás se apartó de su lado, tal vez su madre, una tía, o una empleada de la mayor confianza, acunaba en los brazos a una iguana con la boca cosida también con cordones dorados. Todo en ellas evocaba de un modo insistente el mundo de Watteau. El trópico, es bien sabido, lo vuelve todo exquisito, todo lo refina y lo suaviza, sostenía a menudo el sabio Karapetiz. Una vez enclaustrada en su retiro la mujer del mando, se precipitó el inicio de la ceremonia.» «Quemaban copal, mirra, vainilla, incienso, canela», añadió Sacha, muy exaltado. «Arrojaban por todas partes pétalos de rosas. Los más bellos perfumes de la tierra comenzaron a esparcirse por nuestra llanura.» A esas alturas del relato ya habíamos terminado de comer. De tarde en tarde alguno de los hermanos avanzaba la mano para coger un terroncito de pistacho amasado con miel o un bollito de harina de castaña mezclada con coco azucarado. Después de deglutir cada bocado, ella metía las manos en una pequeña vasija de agua caliente y le ofrecía las puntas de los dedos a Zuleima o al paje de hinchado vientre para que se los secaran con unas toallitas muy finas. Sacha no hacía uso de aquellos refinados servicios; las más de las veces se restregaba las manos en la bata. Los sirvientes cambiaron tazas. Se llevaron la tetera y a partir de entonces nos ofrecieron café. Cosa rara, ¿no?, pero así eran allí las cosas. Después de servir, se sentaron a poca distancia de la mesa a disfrutar la actuación de sus señores. Era evidente que no comprendían una palabra de español, y, sin embargo, sonreían sin cesar. Cuando los interlocutores hacían una pausa, ellos hacían movimientos de aquiescencia con la cabeza. ¡Público más domesticado que ése, imposible encontrarlo! Los hermanos parecían haber vuelto al mundo de la infancia, tan intenso y espontáneo era su regocijo. Les brillaban los ojos, la piel, sobre todo, su dentadura gigantesca. «A una señal, los jóvenes colocados en lo alto de los montículos comenzaron a batir de un modo enloquecido los tambores», dijo Sacha. «Y una respuesta se hizo sentir de inmediato», continuó su hermana. «Tres, cuatro docenas de ancianos dispersos entre la multitud y confundidos con ella respondieron con un largo toque de trompetas. El mundo se puso en movimiento. La gente comenzó a buscar su sitio en aquel hormiguero. Alrededor de cada montículo se acomodaron los feligreses, formando anillos, a manera de círculos concéntricos. Un mundo de blancura, salpicado sólo por la negrura del cabello y las flores que lo adornaban, rodeaba los tres promontorios. El estruendo comenzó a ceder. El redoble de tambores se hizo más tranquilo, delicado, casi sedante. Los grupos fueron paulatinamente acatando el silencio. Y de pronto, cuando el hombre se hallaba en una especie de intenso diálogo silencioso consigo mismo, volvió a producirse un sobresalto. Apareció de nuevo el estruendo furioso de los tambores, la respuesta impetuosa de las trompetas y el repique de una campana colgada de las ramas de un mango que dobló con tal dramatismo que parecía anunciar el fin del mundo. ¡Prepara tu alma, oh pecador! ¡Limpia tu cuerpo, oh pecador! ¡Arroja lo superfluo, oh pecador! Se abrieron los recintos de la primera dama, tan suntuosos que no creo que ni la reina de Saba hubiese conocido algo comparable. La vimos salir, seguida de sus damas de confianza, y mostrar, levantando

191

las manos, un precioso recipiente de plata, que transportó, subiendo a paso lento la larga escalinata, hasta la cima de la pirámide mayor. Con cortería refinada y natural, fruto seguro de una antigua cultura, la dama poderosa asistió al joven indígena que hacía las veces de santito y lo ayudó a sentarse sobre la bacinica de plata que había transportado. Con voz lenta y cadenciosa, vocalizando con esmero cada sílaba, ambos fueron recitando la plegaria:

¡Sal mojón
del oscuro rincón!

¡Hazme el milagro,
Santo Niño del Agro!

¡Cáguelo yo duro
o lo haga blandito,
a la luz o en lo oscuro
sé mi dulce Santito!

¡Ampara a tu gente
Santo Niño Incontinente!

Aquella multitud de dolientes, acomodada sobre una inmensa variedad de recipientes: bacinicas, latas de manteca o de petróleo, braceros, soperas, cubetas, palanganas, platos, cajas de zapatos, o aun modestos trozos de hoja de plátano, repetía con unción, con fe, con esperanza, la inspirada plegaria. En un momento descendió la señora y se dirigió a sus aposentos. Según decían, disponía allí de un cajón de cedro perfumado, con un hoyo que le permitía desovar directamente sobre el río. Caso de que el Niño la favoreciera, sus frutos alimentarían a peces y lagartos. Tan pronto como el retrete del poder cerró sus puertas, se inició la verdadera comunión entre Hombre y Naturaleza, el festín ecológico, el diálogo entre la cáscara humana y su contenido. Durante varias horas la imploración fue repetida una y otra vez, hipnótica, machaconamente. Los suplicantes seguían el ritmo con movimientos de los hombros, golpeándose los muslos con los puños al compás de la plegaria y batiendo con la planta de los pies la tierra agradecida. Se levantaban olas de suspiros delicados, de mugidos bestiales, de temblorosos embelecos. Multiplique usted eso por miles y miles de esfuerzos y tendrá el más perfecto, el más patético y a la vez el más esperanzado poema polifónico.» De repente algo, no sé qué, tal vez el claxon lejano de un vehículo, me liberó del estado letárgico en que la abundancia de postres aceitosos, de licores dulzones, de cantos magnéticos, me tenían sumergido. ¡Qué era aquello! ¿En qué repugnante aquelarre me habían introducido las manitas de seda cuya acción uno apenas advertía? Todos los presentes, incluidos Zuleima y el joven barrigón, nos dábamos rítmicamente golpecitos en los muslos, pateábamos el suelo siguiendo la cantinela que entonaba aquella mujer diabólica. Uno sabe cómo entra en esos fenómenos de subyugación, pero nunca en qué forma va a salir. Como impulsado por un resorte me puse de pie. Les dije a los anfitriones que había pasado un rato de lo más interesante, creo que hasta empleé el adjetivo «fascinante» para no dejarles sospechar mi descontento. Añadí, para darle un carácter normal a mi salida, que había convenido con Rodrigo pasar todavía un rato más con él esa tarde. «No sé, Ramona, si deseas quedarte o ir a atender a nuestro enfermo», le dije, más que nada para asegurar el coche de regreso. Di unos cuantos pasos en dirección a la puerta. Me acerqué al perchero a recoger mi impermeable. Me llené de valor al ver que estaba a un paso de la puerta. Pregunté si no sería excesivo pedir, debido a mi desconocimiento de la ciudad y la posible dificultad de conseguir un taxi, que me llevase Omar al hotel. Nadie me respondió. Ramona se echó a reír como una loca. Tal vez eso me animó a gritarles que no estaba acostumbrado a oír conversaciones como las suyas, menos durante las comidas. Había crecido en la pobreza, pero ahí, ante ese distinguido círculo de cerdos, descubría por primera vez que mi educación había sido exquisita. Quise añadir que sólo un milagro me había impedido vomitar al escuchar aquellos relatos, pero me contuve, y más me valió, pues en ese momento sentí la mano de Sacha «ayudándome» a sacar un brazo del impermeable. Cómo logró llegar de su asiento a la puerta es algo que no acabo de entender. Su ademán en apariencia afectuoso y servicial casi me hizo saltar las lágrimas. Con un aspecto de perro juguetón que no comprende por qué le infligen un castigo, exclamó: «¡Pero no se marche, amigo! Diga, ¿qué le ha enojado? ¿Por qué no le somos gratos?» «Le sorprenden estas historias, ¿no es verdad?», preguntó, a su vez, la hermana con voz dulzona, reflejo de su falsedad integral. «Hay que ver su contenido con ojos limpios, con los ojos de un niño. Actualizan ritos antiquísimos relacionados con ·la consagración de la primavera. Son ceremonias que, por extraño que parezca, celebran la fertilidad, la plenitud, la roturación de la tierra y la recolección de los frutos. La magia, en estos casos, el encanto folklórico, el candor popular, son sólo recubrimiento. Su poesía profunda se enraiza en la praxis.» Para estas horas la presión de Tenazas de Acero en mi brazo me había devuelto al asiento. Su hermana, preocupada, puede ser, por mis reacciones, dio uno de esos inauditos bandazos que ya le había conocido durante nuestro breve trato: «Por muy útiles que resulten esas prácticas, le doy a usted toda la razón. Hay

algo ahí que agrede nuestro sentido estético, los funda-
mentos más profundos de nuestra moral. ¡El asco que sentí
en esa ocasión! ¡Puaff! ¡Sólo recordarlo me hace sentir
náuseas! Consiento en que aquellas ceremonias puedan
tener cierto encanto rudo, un perfumillo a establo, a bo-
ñiga, que podría resultar estimulante a las personas que
gustan de los placeres fuertes. *Nostalgie de la boue,* llaman a eso los franceses. Pero no todos somos pájaros del
mismo plumaje. Hay grajos y urracas, pero también hay
ruiseñores. La tarde de ese día se convirtió en un desbor-
de grandioso de inmundicia: fetidez, mierda por todas partes, moscas del tamaño de un huevo. ¿Me quiere usted
hacer creer que algunos de los allí presentes, los del sector
iluminado, digamos, intuían esa conexión mística del alma
con la tierra que tanto pregonan los demagogos, del lazo
existente entre el acto de vaciar el cuerpo y la aproxi-
mación a lo divino, de que hablaba nada menos que el se-
reno Ulpiano? ¡A otro perro con ese hueso! Yo no veía
sino a una masa fanática y aturdida, ebria de sol y de malos
olores, colocada en posiciones grotescas, víctima de cóli-
cos atroces, mientras a su lado pasaban jugueteando los
monos, también ellos asqueados, tapándose las narices, chi-
llando como demonios, tratando de exorcizar, ¡los pobres!,
el espectáculo lamentable de aquella humanidad envilecida.
Nos hallábamos en medio del aquelarre más repugnante
que alguien pueda imaginarse. Sí, Casidoro, lo que allí se
celebraba era el puro festín del bajo vientre. En un determinado momento, con otro absurdo estruendo de tambores, trompetas y chirimías, salió la caciquesa de sus os-
tentosos aposentos, lo que iniciaba, *hélas!,* la ceremonia
final. Unos habían recibido el auxilio misericordioso del
santito, otros se quedaron con el cargamento adentro. No
puedo contarle más. La vuelta del elemento germinal al

polvo yerto había llegado a su fin. Lo que siguió podía en sí no estar mal, pero la forma en que se realizó fue una burla vil a todos los participantes. Nos enfrentábamos a la Corte, a su cauda de abyecciones, de cohechos y complicidades. Había que designar al vencedor, hacerle saber que tendría que prepararse durante un año, porque en la siguiente fiesta sería él quien encarnara al Santo Niño. Una responsabilidad muy pesada. Me he cansado de hablar..., ay, el mundo de repente se convirtió, ya lo he dicho, no dejen que me repita, en algo ofensivo y repelente, donde participaban todos, la élite y la plebe. A Sacha, ¡este grandísimo pendejo!, le birlaron el premio en sus propias narices.» «Bajo mi propio culo, querrás decir», la corrigió, contrito, el aludido. Ya he dicho que desde hacía un buen rato deseaba marcharme. Sentía náuseas. El calor era intolerable. Los sirvientes habían vuelto a reaprovisionar la mesa. Los hermanos volvieron a servirse nuevas golosinas y a chorrear miel. No sólo Sacha se limpiaba ahora las manos en su bata; Marietta hacía lo mismo. Metía los dedos en la palanganita de agua y se los secaba en la bata del hermano. Tomé un trozo de pastel; un tufo a cloaca me inundó el paladar. Quise levantarme, buscar el baño, volver el estómago, pero de nuevo la garra de Sacha me obligó con fuerza descomunal a permanecer sentado. Reinaba una excitación innatural. Omar, el chófer de aspecto respetable, se había sumado al jolgorio, y también él se llenaba los dedos de miel y se los limpiaba donde podía, en un pañuelo, en las piernas de Marietta Karapetiz, en mis pantalones. Patrones y sirvientes comenzaron a guiñarse los ojos, a reírse, primero de un modo oblicuo, furtivo, después a soltar carcajadas desbocadas, a hablar en su lengua misteriosa, a hacerme muecas horribles. Hubo un momento inaudito, en que Ramona Vives, sin que nada lo hiciera prever, dejó su asiento, se puso en cuclillas y comenzó a dar vueltas en un círculo, acercándoseme cada vez más. Contoneaba el cuerpo, las caderas sobre todo, y movía la cabeza de un lado al otro en una chusca, aunque fallida, imitación del andar de un ganso. «¡Cuac, cuac, cuac! ¡A ti te busco, Cuasimodo! ¡Cuac, cuac, cuac, cuac!» Todos la aplaudían y comenzaron a graznar igual que ella; el joven sirviente de vientre inmenso y el otrora respetable Omar hacían ruidos con los labios mucho menos inocentes. Me fueron rodeando. Por contemporizar, también yo comencé a corear: «¡Cuac, cuac, cuac! ¡Cuasimodo, cuac, cuac, cuac!»

—¿Y a santo de qué le llamaban con esos nombres tan estrafalarios, licenciado?

—No lo sé. Nunca lo he sabido. ¡Ese día fui Ciriaco, Cirilo, Casiano, Casidoro, Cuasimodo! ¿Por qué? Por pura gana de joder, me imagino, de humillarme. Cómo sería la cosa, que, para librarme de las mofas que me hacían, me vi obligado a proponer, ¡yo mismo!, ¡sí, yo, por increíble que parezca, fui quien propuso la vuelta a aquel tema que tanto me repugnaba! Con lo que me quedaba de aplomo alcancé a decir: «Amigos, os exhorto a no interrumpir más el relato de nuestra ilustre anfitriona. Démosle tiempo de terminar la docta exposición de carácter etnográfico que ha iniciado. ¡Cuéntenos, estimada profesora, lo que ocurrió después!» «Como ocurrir, ocurrieron muchas cosas», respondió ya un poco más serena. «El jurado se reunió para deliberar la designación de los premios. No recuerdo qué criterio se siguió; tampoco importa mucho, porque todo fue un fraude; necesitaría releer la crónica de Karapetiz», me contestó, y de repente con gesto y voz que eran ponzoña concentrada, añadió: «¡Pero usted es implacable! ¡Sí, señor! Quiere saberlo todo, me viene con exigencias,

197

y presiones. Si pudiera, y nosotros se lo permitiéramos, me aplastaría para hacerme decir ciertas cosas que considero una obligación, por lealtad, mantener en el más absoluto secreto. El pobre Sacha, este inocentito mío, un niño entonces, un pequeño badulaque que aún desconocía la maldad del mundo, sufrió lo que no tiene usted idea. Fue la primera de la larga cadena de derrotas que ha conocido en la vida. No voy a echar a nadie de cabeza sólo para satisfacer la morbosidad de un patán cualquiera. Esos armarios, sépalo bien, están llenos de papeles. A Karapetiz le llevó años interpretar algunos fenómenos, y usted todo lo quiere conocer de inmediato. ¿Por qué debo darle gusto? ¿Por su bonita cara? ¡Para que el holgazanazo no tenga ya que hacer ni el menor esfuerzo! ¿Quiere que en este mismo instante me ponga a buscarle el papel que necesita? ¿Que le traduzca las páginas fundamentales? ¿De qué idioma a qué idioma?» Me defendí como pude. Le aclaré que yo no exigía nada, no tenía el menor deseo de ver esos papeles. Mi único atrevimiento fue preguntar cómo había terminado la fiesta, y, pueden creerme, había tocado esa cuestión con la mayor inocencia. «¿La fiesta?», exclamó con estupefacción. «¿Tiene usted la cachaza de considerar aquella desvergüenza como una fiesta? ¿Fiesta? ¿Fiesta aquel cúmulo de inmundicia? ¡Ya me voy dando cuenta, mi amigo, de que su moral es bastante relajadita! Aquella sesión, si tanto le interesa saberlo, terminó cuando todos los presentes se casaron con todas las presentes, les hicieron muchos hijos y los domingos los llevaron a asolear a la playa. ¿No me cree? Bueno, le diré la verdad, terminó cuando los feligreses rezaron sus últimas oraciones, prendieron una vela en memoria de su Santo Niño y se marcharon tranquilamente a dormir una siesta. Esta servidora, el sabio Karapetiz, su hermano, el papanatas aquí

198

presente, un bueno para nada, un cero a la izquierda, ¡y eso que hoy me encuentra en plena benevolencia!, y su dizque amigo la Garrapata, al que a saber de dónde pepenó este niño, guía de turistas y aventurero profesional, un padrote de pacotilla, un estuprador, un desalmado, tuvimos que dormir después muchas siestas para recuperarnos de aquella experiencia atroz, en la casa de usted, avecindada en la céntrica calle de la Palma, número noventa y cinco, departamento siete, casa humilde pero honorable. Allí sí que se podía dormir y no en aquel campo de mierda que ni los cerdos se atrevían a hollar. Pero ¡vamos a ver! ¿Por qué quiere usted saber estas cosas? ¿Mero interés científico? ¡Está loco si cree que me va a hacer tragar ese hueso!» Me miró con ojo torvo. Un tic en el párpado derecho comenzó a deformarle la cara de pajarraco. «Ya le dije que lo que siguió fue espantoso. ¿No le basta mi palabra? Me pregunta demasiado. ¿Se le ha olvidado que está tratando usted con una señora? ¡Con una dama! ¿También me va a exigir que me ponga a cagar frente a usted?» La situación, como podrán advertirlo, se había vuelto inadmisible. Marietta Karapetiz se levantó el vestido negro por encima de las rodillas e hizo un ademán de ponerse en cuclillas, igual que lo había hecho minutos antes Ramona. Su rostro estaba descompuesto por la ira, por el desprecio, por el asco. «¡Excuse!», le dije con toda la dignidad de que me fue posible echar mano. «No tengo, ni he tenido nunca, el menor interés por conocer esa historia aborrecible.» Omar y el sirviente gordo la ayudaron a levantarse del suelo y la sentaron en un sillón. «Fue usted quien se empeñó en contarla.» Y luego, con la expresión más casual que me fue posible adoptar, miré el reloj y añadí: «¡Pero qué es esto! ¡Señores míos, les he hecho perder un tiempo precioso! No tenía la menor idea de que fuese tan tarde. ¡Buenas noches!» Estaba decidido a todo, aun a riesgo de que Sacha me rompiera las costillas. Tenía que escapar.

Sonó un timbre.

Amelia Millares se levantó y abrió la puerta. Un hombre uniformado se presentó como el chófer del licenciado De la Estrella. Dijo que desde la mañana había estado seguro de que ese día le iba a llegar la mala racha. Con un tono de mando, le indicó a su patrón que era hora de ponerse en camino, que dejara ya de hacer payasadas, que era la última vez, lo juraba, que lo conducía a su casa en ese estado.

—¡Un momento, Arnulfo, sólo un momento y me pongo a su disposición! He llegado ya casi al fin. Juro que esta vez no me va a pasar, Arnulfo, se lo juro, no va a ser necesario lavarme. ¡Millares, dígale que me deje quedar unos cuantos minutos! Cuéntele lo bien que me he portado. No puedo levantarme ahora. —Y sin ninguna transición continuó—: Aquel grupo, sorprendido por mi seguridad, no logró reaccionar de momento. Me vieron avanzar hacia la puerta en silencio. Tenazas de Acero ni siquiera me molestó. Cuando había ya abierto la puerta, y tenía un pie en el exterior, me volví hacia el grupo y pregunté provocadoramente: «¿Así que cómo terminó ese aquelarre inmundo? ¡Me lo puedo imaginar muy bien, pero prefiero saberlo de sus propios labios!» Los hermanos quedaron apabullados, toda la seguridad perdida. Marietta Karapetiz comenzó a balbucear con voz sumisa: «Mire, una frágil viejecita me mostró su producto en un plato precioso de porcelana blanca. Me asusté al ver todo lo que aquel cuerpecito diminuto había logrado albergar. Se acercó al Santo Niño... Nos hicieron arrodillar... ¡Por favor, caballero, se lo suplico, no me obligue a seguir! Soy una mujer muy vieja, he sufrido mucho, perdí a mis padres en la más tierna infancia. Mi pobre corazón no es ya lo que era. Lamento haberlo conocido.» Aspiró profundamente. Como por un milagro pareció recobrar en ese instante todas las fuerzas perdidas. Con un vozarrón que envidiaría un sargento, gritó: «¡Fuera de aquí! ¡Fuera de aquí, ahora mismo! ¡Sacha, por Dios, acomídete y sácalo de aquí, como tú sabes hacerlo!» No aguardé más. Cerré la puerta y me eché a correr escaleras abajo. No quise tomar el ascensor por temor a sorpresas desagradables. Al salir a la calle oí vocear mi nombre y levanté la cabeza. La vieja rufiana y su caterva de maleantes habían salido al balcón. Sus gritos llegaban como graznidos. Sacha me mostraba mi impermeable y mi sombrero y hacía señas con una mano para que subiera a recogerlos. ¿Subir? ¡Ni madres! Les grité que me arrojaran mis prendas. Buscaba una palabra, la más hiriente, para lanzarla tan pronto como tuviera mis cosas en la mano. Me pareció ver en el balcón cierto brillo metálico. Algo rozó mis sienes, algo me golpeó en un hombro. Levanté la mirada y vi que Marietta Karapetiz y Sacha sacudían sobre mí unas bacinicas. En ese momento ocurrió lo peor. Zuleima, Omar, y el joven adiposo vaciaron sobre mí una gran palangana colmada de inmundicias. Traté de huir y no pude. Resbalé; la mayor parte del contenido me cayó encima. Oí sus carcajadas, sus gritos indecentes, sus chillidos. Había quedado en cuatro patas como un puerco, enfangado en una materia resbaladiza y repugnante. Había perdido los lentes. Me levanté como pude, caí otro par de veces y me golpeé de mala manera. No sé por dónde anduve ni durante cuánto tiempo. Buscaba el mar, sin encontrarlo. Varias horas pasaron de las que no guardo noticia. Llegué al hotel en la noche en un carro de la policía. Un empleado me identificó como cliente, y me echó una manta encima, porque vestía sólo ropa interior. Seguramente en la comisaría me habían quitado la ropa sucia y metido en una ducha. Me hicieron entrar por una puerta de servicio. El policía que me acompañó me devolvió mi pasaporte. Subí a mi cuarto. Alguien me informó que dos horas antes habían internado a Rodrigo Vives en una clínica. Hice mi equipaje, pero en la recepción me advirtieron que sólo me permitirían sacarlo si pagaba la cuenta. Por fortuna, en el cuarto había sacado unos cuantos dólares, muy pocos, que llevaba escondidos en el forro de la maleta. Les expliqué que era yo invitado de Vives, que si por mí fuera, en la puta vida hubiera puesto un pie no sólo en su hotel sino en su país entero. Mi billetera había desaparecido junto con mi traje sucio. Llamaron a la delegación de policía; allí explicaron que me habían recogido en la calle sólo con la ropa interior puesta. No podía ser cierto, ¿de dónde entonces había salido mi pasaporte? Total, dejé la maleta, le vendí el reloj y mi pluma fuente a precio de hambre a un empleado, me encaminé a la estación y de allí no me moví hasta que salió mi tren. Viajé en un estado de semiconsciencia, lo único que registraba era el hedor, tal vez imaginario, que desprendía mi cuerpo. Rodrigo Vives no me envió nunca la maleta. Pensé presentar una demanda. No sólo me habían despojado de mis pertenencias sino que había sufrido un grave daño emocional. Pero meterse en tribunales en un país ajeno es llevar todas las de perder. Tuve que esperar hasta llegar a México. Obtuve una bicoca. Ah, pero antes había ya conocido a la famosa María Inmaculada de la Concepción; probé suerte, y allí también salí perdiendo.

El narrador volvió a quedarse sin aire. Boqueaba como un pez a punto de ahogarse. Arqueó el cuerpo y quedó en un estado de rigidez poco natural. Empezó a desprender un hedor repelente. Los Millares se alejaron en silencio de aquel objeto putrefacto. El chófer se hizo cargo de transportarlo a su automóvil. Don Antonio Millares salió con sus nietos al jardín.

—¿Te has dado cuenta...? —le preguntó a Juan Ramón, sin atinar el modo de cerrar la pregunta.

—¡Sí! —fue la lacónica respuesta del nieto. Después de caminar otro rato, Juan Ramón preguntó a su vez—: ¿Qué debe hacer un hombre cuando le pasa eso?

—¿Cuando le pasa qué?

En ese momento un rayo iluminó la montaña. Se oyó un trueno a lo lejos. El abuelo no logró oír la respuesta de su nieto. Siguieron caminando en silencio.

Funchal, abril 1987
Praga, marzo 1988

ÍNDICE

I

Donde un viejo novelista, a quien la edad perturba seriamente, muestra su laboratorio y reflexiona sobre los materiales con los que se propone construir una nueva novela   9

II

Donde se narran aventuras variadas de Dante C. de la Estrella, licenciado en derecho, lindantes, a juicio del autor, con la picaresca, que culminaron con un viaje a Estambul   20

III

Donde se relata la llegada de tres mexicanos a Estambul, y la manera en que desde el primer momento comienza a presentirse la inminente aparición de la controvertida señora Karapetiz   49

IV

Donde al fin aparece la tan aguardada Marietta Karapetiz, y se muestran sus encantos, los que a Dante C. de la Estrella no en todo momento le parecen tales   72

V

Donde el licenciado de marras, sin siquiera proponérselo, logra domar a la Divina Garza, y el regocijo general que resulta de esa victoria se enriquece con la súbita aparición del alegre Sacha 114

VI

Donde Dante C. de la Estrella vislumbra un pasado de la profesora Karapetiz muy distinto del que imaginaba, relata las vicisitudes personales que lo condujeron, con algunas resistencias de su parte, al Himeneo, y se entera de la agonía y muerte de Nikolai V. Gogol 138

VII

Donde la amistad, ya en sí reacia, entre Dante de la Estrella y Marietta Karapetiz se ve sometida a una dura prueba, lo que permitirá al lector decidir si la relación ha terminado o contempla el inicio de una fase más intensa de la misma, capaz de superar la lejanía que a partir de entonces se interpondría entre ellos 168